COBALT-SERIES

なんて素敵にジャパネスク

氷室冴子

集英社

なんて素敵にジャパネスク

登場人物紹介

瑠《る》璃《り》姫《ひめ》
京でも一、二を争う名門貴族の姫。
気が強く、好奇心旺盛で、深窓の姫君にあるまじき大胆な行動力の持ち主。

高《たか》彬《あきら》
大貴族である右大臣の末の息子。
若い公達のなかでは出世頭。
瑠璃姫よりひとつ年下。

融《とおる》
瑠璃姫の弟。
姉思いの素直で純情な少年。
高彬とは幼なじみの親友。

小《こ》萩《はぎ》
瑠璃姫の腹心の女房。

鷹《たか》男《お》
東宮の命令を受けて、
陰謀事件について調査している謎の男。

お約束は初めての接吻での巻

1

冬だ。

人生の冬よ、まったく。

裳着《もぎ》（女の子の成人式。十二～十四歳ぐらいの間に行われる）を終えた十三歳ぐらいのころから、やれ中納言《ちゅうなごん》家の若君《わかぎみ》がどうしただの、式部丞《しきぶのじょう》どのは年かさだがしっかりしたかただのと妙《みょう》にきなくさい話がとびかっていたけれど、それが十四、五になるに従って、はっきり『結婚』の二文字が浮き上がってきた。

そして十六歳になった今日日《きょうび》、ばあややとうさまが入れ替わり立ち替わりやって来て、

「女子《おなご》の幸せは、よき殿方《とのがた》を通わしてこそです。せっかく降るようにくる文《ふみ》を、どうして見ようともしないいんですか」

なんぞと説教する（平安時代、夫は妻のもとに通う通《かよ》い婚《こん》が普通でありました。つまり、これは平安時代、光源氏《ひかるげんじ》みたいのがぞろぞろ生きていた時代のお話であります）。

そのたびに、あたしは、

「結婚する気はありませんからね。生涯《しょうがい》、独身ですごすわよっ」

と応戦するのだけれど、ばあやや女房《にょうぼう》（侍女《じじょ》）たちは、生涯結婚しないだなんて、からだの

どこかに人に言えない欠陥《けっかん》があるのじゃないかという冷たい目で見るし、とうさまは、年ごろの娘に婿《むこ》がいないなど恥ずかしくて世間に顔向けできないと泣き真似《まね》するし、やりきれない。

最近では毎日、とうさまと大喧嘩《げんか》している。

「瑠璃《るり》ねえさん、いる?」

ある日、弟の融《とおる》が部屋にやってきた。萌黄《もえぎ》の狩衣《かりぎぬ》に葡萄《えび》染《ぞ》めの指貫《さしぬき》の、こざっぱりした姿である。後ろには、融と双子《ふたご》のように仲のいい幼友だちの衛門佐《えもんのすけ》、藤原高彬《ふじわらのたかあきら》もいる。

御簾《みす》(すだれみたいなもので、日光を遮《さえぎ》ったり、貴人《きじん》が人と会う時、前に垂らしたりする)ごしとはいえ、こちらからはけっこうなんでも見えるのだ。

「父上が女房たちに当たり散らしていたよ。どうにもならんじゃじゃ馬娘だって」

「ふん。よくもまあ、つぎからつぎへと、縁談《じょうだん》の種がつきないもんだわ。きょうのは、どんなだったと思う?　三十八歳の権中納言《ごんちゅうなごん》よ。冗談じゃない」

融はぷっと吹き出した。

「そうはいってもねえ。父上は心配なんだよ、ねえさんが昔の初恋の思い出を引きずって売れ残ってしまうのが」

「そりゃ、あたしが結婚しない第一の理由は吉野君《よしののきみ》だけど、でもそれだけじゃないわ。遊び人のとうさまを見てると、とても結婚が女の幸せとは思えないのよ」

融は肩をすくめ、おとなびた口調で言った。

「確かに父上も遊ぶほうだけどさ。そんなのは世間じゃよくあることだよ、ねえさん」

「んまあ、融！」

なんという情《なさ》けないことを言う弟か、とあたしはしばしものが言えなかった。

純情で素直で、少しはましな男の部類にはいると思っていた融までがこんなことを言うなんて、なんという嘆《なげ》かわしい世の中だろう。だけど、それはまちがっている、と強く言えないところに問題がある。

そうなんだ、現代は一夫多妻《いっぷたさい》制、大なり小なりとうさまみたいな男ばっかりなのよね。紫《むらさき》式部《しきぶ》のオバさんが書いた『源氏物語《げんじものがたり》』の光源氏《ひかるげんじ》だって、なんやかやいいながら女漁《おんなあさ》りやっているし。

それで女は待っているだけ、耐えるだけ。

冗談じゃないってのよ。やっていられないわ。

これでもまだ、昔はよかった。そういう世の中の男女のことなんか何も知らなくて、それどころか、やたらきれいな初恋をしていた。

かあさまという人はもとから病弱だったのだけれど、融を産んで以来床《とこ》に伏《ふ》しがちで、そのためあたしは一時、吉野《よしの》のほうに隠居《いんきょ》していた母方のお祖母《ばあ》さまに預《あず》けられた。あたしはそこで、十歳になるまで暮らしていたのだ。

吉野ってところは、隠居した人とか、世を儚《はかな》んで出家遁世《しゅつけとんせい》した人ばっかりの、いわばスターダスト地区で、多少もの寂《さび》しいところではあったけれど、あたしはひとりでけっこうほくほく遊んでいたっけ。

そしてそこで、吉野君に会ったんだよなあ。

あたしが九つ、彼は十か十一だった。

吉野君というのはもちろん愛称みたいなもので、何度か本名を尋《たず》ねたのだけれど、「父上の御名《おな》にかかわるから」と言って、教えてくれなかった。

お祖母さまの話じゃ、都《みやこ》の高貴な人のご落胤《らくいん》なんだけれど、母君《ははぎみ》の身分が低くて世間的に名のれず、その上、本妻さんがやたら吉野君母子を迫害《はくがい》するのでいたたまれず、京を逃《のが》れて、縁《えん》者《じゃ》の坊さんのところに、母子ふたり身を寄せているということだった。

朝から晩までふたりで野っ原に転がって、草摘《くさつ》みしたり、歌を歌ったり、かくれんぼしたり、なんだかもういまから思うと、エデンの園のアダムとイブ顔負けの幸福な毎日だったな。

あるとき、吉野君があたしの顔をじっと見て、

「瑠璃姫、いつかわたしが父上に認められ、都によばれ、官位を授かることができたら、お迎えに行ってもいいですか」

と言った。

そのころのあたしは完全なオクテで、ケッコンのケの字も知らなかったけれど、そこは女の

勘《かん》がものをいったのか、なんとなくすごくいいことを言われているのはわかったので、

「うん」

とうなずいた。

すると吉野君はまっ赤《か》になって、口ごもりながら、なんと、

「お約束に、接吻《せっぷん》していいですか」

と言ったのだ。

ところがあたしって、ほんとにイノセントだったんだなあ。

「うん」

と言って、手を差し出した。お約束っていうからには、何か記念の品をくれると思ったんだな。

いまなら、接吻のなんたるかぐらいは知っているし、だからあのときの吉野君の当惑《とうわく》も想像できるんだけれど、さすがわが初恋の君《きみ》、どうしたと思う?

ちょっと笑って、足元に咲いていた菫《すみれ》の花を摘《つ》んで、手のひらにのせてくれたのだった。

この清らかさ、泣けるじゃない。ほんと、極楽浄土《ごくらくじょうど》の菩薩《ぼさつ》そのものだったわよ、吉野君もあたしも。

思うに、あれがあたしの人生のハイライト、ゴールデンアワーだった。

あれ以後、ろくなことがありゃしない。

そのうち、かあさまが亡くなったという知らせがきて、急ぎ京に戻るはずが、かあさまの死にショックを受けたお祖母《ばあ》さまがひっくり返って寝込み、やたら心細がってあたしを離してくれないので、かあさまの葬式《そうしき》にも出られなかった。

その上、お祖母さまの話し相手をしなきゃならないので、当然吉野君にも会えない。

ようやく暇《ひま》をみつけて抜け出し、

「よーしーのくん、遊んでたもー」

と、ひと月ぶりに坊さんの家に行ったところが、吉野君はなんと前の日、はやり病《やまい》であっさり昇天。

吉野君の死のショックに茫然自失《ぼうぜんじしつ》のふた月が過ぎたころ、お祖母さまも昇天。

お祖母さまは、とうさまとかあさまの結婚にはもとから反対だったとかで、死ぬ前日まで遊び人のとうさまの悪口を言いつづけていた。

ともかく、ようやく京によび戻され、泣きながら家に帰ってみれば、見知らぬおばさんがいて、新しいかあさまだという。

かあさまが亡くなって一年とたたないのに、新しい母上！　お祖母さまの言っていたとおりだ。男なんて、ほんっとに薄情《はくじょう》なんだわ！

これであたしは一瞬のうちに、独身主義者になってしまったというわけだった。

いまもってとうさまの遊び癖《ぐせ》はやまず、二度目の母上も日々嘆《なげ》いているし、いまじゃ、あたしは大いに母上に同情している。

その上、日ごろかわいがっている融が、「男の遊び癖は世間じゃよくあることだ」なんて軽く口にするのを聞くと、夜遊びだの浮気だのとは縁のなかった昔の清らかな初恋がしみじみ懐《なつ》かしくて、いっそ尼《あま》にでもなって、吉野君の菩提《ぼだい》を弔《とむら》いつつ生きようか、なんて思ってしまう。

あたしは、ため息をついた。

「おまえみたいな子が、のちのち女を泣かせるのよ、融。吉野君は、そんな情《なさ》けないことはおっしゃらなかったわ」

「十や十一で、男の遊び好きは当然、と言うほうがおかしいでしょう、瑠璃さん」

高彬は、いたって静かな声で言った。

こいつは融と同い年、あたしよりひとつ年下の十五のガキのくせして、言うことが妙《みょう》におとなくさいので憎《にく》らしい。

「あたしが言いたいのは、人間の品性ってことよ。吉野君には……」

「また吉野君か。瑠璃さん、何かというとすぐそれだ」

高彬は、もう結構だというように、軽く手を上げた。

「吉野君と比べられたって、どうしようもないよ。相手はもう、死んでるんだから」

「だれもあんたとなんか比べてないわよ。比べものにもならないわ」

少しきつくそう言うと、高彬はむっとした表情であたしを睨《にら》んだ。

ふん。御簾《みす》ごしに睨まれたくらいで、びびるもんか。最近は、何かというとおとなぶって、あたしに楯《たて》ついて。

以前はそうじゃなかった。あたしの言うことなら、なんでもにこにこ笑って聞いていたのに。

険悪《けんあく》な雰囲気《ふんいき》を察したのか、融はあたふたと立ち上がった。

「あの、ねえさん、ぼくたち、もう退出させてもらうよ。高彬は、もうすぐうちでやる宴《うたげ》で琵《び》琶《わ》を弾《ひ》くんで、その練習に来たんだ」

「桜も散り透《す》いたこの時期に管弦《かんげん》の宴なんて、遊び好きのとうさまのやりそうなことよね。ま、せいぜい練習してちょうだい。高彬は琵琶ぐらいしか、取《と》り柄《え》がないんだから」

高彬は、琵琶の名手なのである。

立ちかけた高彬は皮肉な笑みを浮かべ、

「瑠璃さんも、もう少し箏《そう》の琴《こと》の練習をやったほうがいいよ。現代は女たるもの、琴も満足に弾けないようじゃ、『結婚しない』のじゃなくて、『結婚できない』んだからね」

不得手《ふえて》な琴を皮肉られたあたしはカッとなって、思わず立ち上がり、

「おととい来やがれ、礼儀知らず！」

と怒鳴《どな》りつけた。

高彬はあっはっはと大笑いしながら、融をせきたてて帰って行った。

年下のくせして、なんてやつなんだ。

2

それから十日後、大納言忠宗《だいなごんただむね》、即《すなわ》ちとうさま主催の管弦《かんげん》の宴《うたげ》が、わが屋敷の南庭において、にぎにぎしく開かれた。

宴の大きらいなあたしは、うんざりして当日をむかえた。

管弦の宴というと、いかにも現代の貴族社会の高雅《こうが》な趣味って感じだけれど、ようするに必ず酒がまわり、飲むほどに酔うほどに無礼講《ぶれいこう》になる、夜《よ》っぴてのドンチャン騒ぎなんだから。

ふだんは、そう大きな宴でない限り見物もせず、部屋で双六《すごろく》でもして遊んでいるのだけれど、今回は大がかりなものだから、どうしても見物に出て来いと厳命《げんめい》が下《くだ》っていた。

それで当日の宵《よい》、唐衣《からぎぬ》に裳《も》を着けた正装の女装束《しょうぞく》（俗にいう十二単衣《ひとえ》）で寝殿《しんでん》に出向いたものの、想像していたとおり、ちっともおもしろくない。

南庭に席を設《もう》けて、篝火《かがりび》を焚《た》き、公達《きんだち》がワイワイやっているのを、あたしは寝殿の御簾《みす》の中から眺めているだけなのだ。

いつもは気楽な小袿《こうちぎ》姿だから、正装の女装束なんて着ていると重いやらきついやらで、御膳《おもの》（ごはん）やあわせ（おかず）もろくに食べられず、大好きな団喜《だんぎ》も煎餅《せんべい》もせいぜい二、三個しかお腹《なか》にはいらない。

その上、どうしたことか高彬《たかあきら》の姿が見えない。彼の琵琶《びわ》を内心楽しみにしていたので、がっかりだった。

「瑠璃《るり》や、ほら、ごらん。いま、笛を演奏しているのが中務卿宮《なかつかさきょうのみや》の第三子、権少将《ごんのしょうしょう》であれる。当年とって十九歳、今上帝《きんじょうてい》のおぼえもめでたい前途有望な公達だぞ」

「ふーん」

脇息《きょうそく》に寄りかかって半分眠っていたあたしは、あくびをしながらつぶやいた。

やがて演奏を終えた権少将は、つかつかと歩み寄ってきて、寝殿の階《きざはし》の下に控《ひか》え、

「大納言どの、今宵《こよい》の宴はごりっぱなものですね。お招きいただき光栄に存じます」

「いやいや、権少将どののおはこびをいただき、わたくしこそ恐悦至極《きょうえつしごく》」

と、わざとらしい挨拶《あいさつ》をひとしきりしたあと、

「今宵は、こういう席にはお珍《めずら》しい瑠璃姫も簾中《れんちゅう》におられるというので、みな、ざわめいておりますす。瑠璃姫は箏《そう》の琴《こと》がお得意とうかがっておりますが、ぜひ、わたくしの笛との合奏など、お願いできませんか」

なんぞとぬかした。

冗談ではない。

以前、高彬に皮肉られたけれど、あたしは花嫁《はなよめ》修業の琴なんぞ大っきらいで、もう二年この

方、琴に触ったことだってないのだ。

酒のまわった赤ら顔で、魂胆《こんたん》ありげに上目遣いに、こちらを見ているのも気味が悪い。

あたしはそばにいた女房に、

「おととい来やがれ、とお言い」

と言った。

宮仕《みやづか》えの女房は別だけれど、貴族の娘はめったに男に生《なま》の声を聞かせないのである。本来なら、融《とおる》や高彬にだって、女房を通して話さなきゃならないくらいなのだ。

女房はしたり顔でうなずいてから、ずりずりと前に進み出て、

「権少将さまとの合奏とは光栄なお申し出でございますが、わたくしの琴など、どなたにもお聴《き》かせできるものではなく、それにただいま、指を痛めておりますので、ご容赦《ようしゃ》を」

と、いと優雅に言った。

すぐ、これよ。あたしの意志なんて、どうだっていいんだから。

権少将はそれで引き下がるでもなく、残念だのなんだのとぐずぐず言っていたが、そのうち、思いがけないことを言い出した。

「瑠璃姫はご幼少《ようしょう》のみぎり、吉野でお過ごしになられたとか。このような席で申すことではないのですが、吉野には、かつて、わたくしの父の縁《ゆかり》の母子が隠れ住んでおりまして、一度父とともにまいったことがあるのです。そのころ、姫も吉野のいずこかにおられたのかもしれませ

んね。そう思うと、何やら懐《なつ》かしい気がしまして、ぶしつけにも琴の所望《しよもう》などしてしまいました」

あたしはぎょっとなって、思わず中腰になった。

一気に眠気もさめ果てたぐらいだった。吉野に権少将の父君ゆかりの母子が住んでいた？

権少将の父君といえば中務卿宮で、確かに身分は高い。前々帝の異母弟である。

では、もしかしてもしかしたら、吉野君《よしののきみ》の父君というのは中務卿宮では⁉

あたしは大あわてで、女房の袖《そで》を引き、

「その女性と若君のことを教えてほしいので、近いうちに来てくれない、とお言い」

と言うと、女房は例によって、

「吉野といいますと、幼いころの懐かしい思い出も多く、思わず知らず涙が流れてまいります。いまごろは野桜も吹かれ散り、野は一面の桜花でございましょう。吉野へおいでになった折のようすなど、一度静かに承《うけたまわ》りたいものでございます」

権少将は深くうなずき、ぜひ一度、と力強く言って宴の席にもどって行った。

権少将がいなくなるやいなや、あたしはとうさまに聞いてみた。

「とうさま、権少将の言ったこと、本当なの」

「うむ。おまえがあんまり吉野君にこだわるので、わたしもいろいろ調べてな。あのころ、中務卿宮の身分の低い愛人が、行く末を悲観して、吉野の縁《ゆかり》の者をたよって行った、という噂《うわさ》が確かにあった」

「まあ……。じゃ、やっぱり、吉野君は中務卿宮の……」

にわかに胸の動悸《どうき》が激しくなり、あたしは思わず立ち上がった。

「とうさま、悪いけど部屋に戻るわ。なんだか、おちつかないの」

あの吉野君が中務卿宮のご落胤《らくいん》だったなんて信じられないけれど、話は不思議に合う。

とすると、権少将と吉野君は異母兄弟ってことかしら。

「瑠璃さん、宴《うたげ》の途中なのに、もう退《さ》がるの」

渡殿《わたどの》を渡っていると、小庭の茂みの陰から高彬が突然現れた。

宴の席にいないと思ったら、こんなところにいたのか。

「なんだか、ひどくあわててるみたいだね。どうしたの」

「あんたこそ、どうして宴に出てないのよ。ま、いいわ。それより、権少将を知ってる？」

高彬は意味ありげに笑った。

「知ってるよ、もちろん」

「あの人、吉野君の兄上かもしれないのよ」

「ふーん」

高彬は興味なさそうに投げやりにつぶやいたが、ふっと思い出したように笑った。

「で、権少将は吉野君に似ていた？」

「ろくろく見なかったわ。今度遊びに来るっていうから、そのときじっくり見るわよ」

「なるほどね、もう訪問の約束をとりつけたわけか。大納言さまもなかなかの策士《さくし》だな」

「策……士？　なに、それ」

「今宵《こよい》の宴は、権少将と瑠璃さんを引き合わせるためのものだってのは、今夜来てる連中なら、みんな知ってるよ。知らないのはあなたと、そういうことには疎《うと》い融ぐらいさ」

「引き合わせる⁉」

　あたしは思わず大声で叫んだ。

　それではまるで、見合いではないか。

「だって、中務卿宮の愛人とこどもが、吉野にいたって……」

「吉野君の話を、大納言さまにうまく利用されたんじゃないのかな。中務卿宮は評判の愛妻家だし、仮《かり》に余所《よそ》に愛人をつくっても、その人を吉野あたりにほうっておくような情の薄いかたじゃないよ。北《きた》の方《かた》（奥さん）もお優しいかただし」

「まあ！　じゃ、まったくの嘘《うそ》だっての⁉」

「たぶんね。あなたは男からの求婚の文《ふみ》なんて目もくれないし、大納言さまとしては、こういう手を使ってでも公達《きんだち》に興味をいだかせたかったんだろう。親は、年ごろのこどもにはいろいろ世話をやくものさ。ぼくだって……」

　高彬は口をつぐみ、あたしを見て笑った。

「兵部卿宮《ひょうぶきょうのみや》の二の姫はどうか、と先日来《せんじつらい》、父上や母上に勧《すす》められている」

「あんたが⁉」

あいた口がふさがらないとはこのことだった。

高彬に縁談⁉

融と庭を駆け回ってすっ転んで膝《ひざ》をすりむき、相撲《すもう》をとっては池に転がり落ちて、

「瑠璃さん、痛いよう、つべたいよう」

とびーびー泣いていた鼻ったれに、縁談だと⁉

しかも兵部卿宮の二の姫といえば、音に聞こえた美女、歌にしろ琴《こと》にしろ書にしろ、当代に並ぶもののない才媛《さいえん》ではないか。

同じ年でありながら、どうしてこうも違うのか、と日々とうさまが嘆いているので、お名前だけはよく知っている。

「あ、そ、けっこうなことね。才女にばかにされないよう、せいぜい勉強しなさいよ」

あたしは裳裾《もすそ》を翻《ひるがえ》し、足早に部屋に駆け戻った。

3

しばらくは何がなんだかよくわからず、着替えもせずにぼんやり脇息《きょうそく》に寄りかかっていたけ

れど、だんだん猛烈に腹が立ってきた。

とうさまが、管弦《かんげん》の宴《うたげ》だのなんだのと大がかりなことをやって、その実、権少将《ごんのしょうしょう》との縁談をとりまとめようとしているかもしれないってこともくやしいけれど、高彬《たかあきら》がそれを知っていながら、前もって教えてくれなかったのが、もっとくやしい。きっと、この琵琶《びわ》の練習にやって来たとき、すでに知っていたのだ。それならそうと、教えてくれればいいじゃないの。

そうしたら、仮病《けびょう》を使ってでも、宴に出なかったのに。

あげくに、自慢げに自分の縁談の話をひけらかして。

十五やそこいらのこどもに、なあにが縁談、なにが兵部卿宮《ひょうぶきょうのみや》の二の姫だか。二の姫だって、あたしよりひとつ年上じゃないの。

あたしはやたらと腹が立ち、手元にあった碁石《ごいし》をつかんで壁に投げつけた。

それにしても、権少将の吉野の話は、ほんとうのところ、どうなんだろう。嘘《うそ》なのか、本当なのか。

なにはともあれ、その真偽《しんぎ》を確かめるのが先決だわ。

あたしは直接とうさまに問い質《ただ》すことに決め、再び寝殿《しんでん》に向かった。

渡殿《わたどの》を過ぎ、そのまま行き過ぎようとして、角の妻戸《つまど》がかすかに開いているのに気づいた。中から、話し声がする。耳を澄《す》ますと、とうさまと母上だった。

「まあ、あなた、だって、それじゃ、あまりに強引な……」

「なに、まがりなりにも瑠璃《るり》が権少将に興味を示したのだ。かまうものか。後日、吉野君《よしののきみ》をだしに訪ねて来る手間も省《はぶ》ける。瑠璃の部屋は教えてあるし、権少将もその気でいる。今夜のうちに強行突破して、既成《きせい》事実をつくってしまえば、いくら瑠璃でも、結婚はいやだなどと御託《ごたく》を並べまい」

「そんなことなさらなくても、瑠璃さまはまだ、初恋の君の思い出を大切にしたいこどもなのですわ。そのうち、ちゃんと女性らしくなって……」

「そのうちそのうちと待っているうちに、売れ残って世間の笑いものになり、尼《あま》になるしか道がなくなっては遅いのだ。権少将の嘘八百《うそはっぴゃく》にころっとだまされたあたり、少々不憫《ふびん》ではあるが、なんといっても結婚こそ女の幸せ、これも親の愛情とわかるときが――」

あたしは呆然《ぼうぜん》とし、へたへたとその場にすわり込んだ。

強行突破だと⁉　既成事実だと⁉

なんということだ。

見合いどころじゃない、しっかり初夜まで用意されているではないの。

あたしは何度も唾《つば》を飲み込み、流れる脂汗《あぶらあせ》を帖紙《たとうがみ》で押さえて、おちつこうとあせった。

権少将の嘘八百、というところをみると、中務卿宮《なかつかさきょうのみや》の愛人と子が吉野にいたというのは、やっぱりとうさまと権少将が口裏《くちうら》を合わせての猿芝居《さるしばい》らしい。高彬の言ったとおりだった。

冗談ではないぞ。権少将みたいなやつの妻になるくらいなら、高彬の年上妻になったほうが、よっぽどましというもの。

だけどとうさまがこういう考えでいる以上、夜中に権少将が忍《しの》び込んで来ても、屋敷の者はだれも助けに来てくれないに決まっている。

このままでは、あすの朝には、しっかり人妻だ。あたしはぞっと鳥肌《とりはだ》だった。

ともかく、逃げなきゃいけない。かといって、このまま部屋に戻るのは危険だった。いつ、権少将が夜這《よば》いに来ないとも限らない。

融《とおる》の部屋だ。ひとまず融の部屋に行き、対策を考えよう。

あたしは這うようにしてその場を離れ、融の部屋に急いだ。

ところが、なんという間の悪さ！

角を曲がったとたん、ばったりと権少将に出会ってしまったのだ。

あたしはとっさに、手にしていた檜扇《ひおうぎ》をぱっと開いて、顔を覆《おお》った。

「お、これは……、もしや瑠璃姫ではありませんか。なんという運命のめぐりあわせ、吉野のことなど、後日ではつまらぬ、今宵《こよい》静かに夜語《よがた》りしたいとお部屋を捜《さが》していた次第ですが、なにぶん広いお屋敷内のこと、すっかり迷ってしまいました」

ふん。吉野の夜語りの果てが強行突破じゃ、たまったもんじゃない。

あたしはじりじりと後ろに退《しりぞ》いた。

権少将はなおもしつこく、

「こういうところで申し上げるのも無粋《ぶすい》ですが、わたしはもう半年も前から、お手紙を差し上げていたのです。読んでくださっていたのか、それだけでもお教えください」

と、迫ってくる。

もらった手紙は、みんな裏にいたずら描きして遊んでいるわよ。代作者の書いた和歌なんて、読むだけ時間の損《そん》だもん。

あたしは扇の陰で舌《ベロ》を出し、隙《すき》をみて駆け出した。

ところが敵もさるもの、実にすばやく装束《しょうぞく》の裾《すそ》を踏んづけたのである。

あたしはみごとにすっ転び、あっという間に権少将に手をとられてしまった。

顔を見られることだけはすまいと、必死で片方の袖《そで》で顔を隠したけれど、それも時間の問題、見ればすぐそこには、客用の空き部屋まであるではないか。

このままでは、既成《きせい》事実一直線だ。

「瑠璃姫、わたしは遊びではありません。わたしの気持ちは大納言《だいなごん》どのもすでにご存じなのです。どうか、姫、そうかたくなにおなりにならず……」

そう言って、もう片方の手もつかみにかかる。

ここで両手を押さえられ、部屋に引きずり込まれては即《そく》、人妻、あたしはとっさに檜扇《ひおうぎ》で権少将の眉間《みけん》を打ちつけた。

「なにすんのよ、このすけべ男っ！」

「いてっ！」

あたしはもう、死にもの狂いで扇を振り回した。

運よく目に当たったらしく、権少将はあいたたた、と目を押さえてしゃがみ込んだ。

その隙《すき》に、あたしは裾をからげんばかりにして走り出し、融の部屋をめざした。

部屋には、燈台《とうだい》の灯りがほの見え、人影があった。きっと融が、宴《うたげ》の席をはずして戻っているのだ。

あたしは妻戸《つまど》をぶちあけ、中にとび込んで人影にとびついた。

「融、融、助けて。強行突破されるわ。ねえさんの貞操《ていそう》の危機よっ！」

あたしが気も狂わんばかりに怯《おび》えて、しがみついているというのに、融はいっこうにあわてず、ウンともスンとも言わない。

なんという頼《たよ》りがいのない弟か、と顔を上げると、なんと、あたしがしがみついていたのは高彬だった。

「たっ高彬！　あんた、なんで、こんなところに……」

「酒のにおいに酔ったので、休んでいたんだよ。あなたの見合いの宴にいたって、おもしろくもないし。それより、あなたこそ、その格好《はお》はどうしたのさ」

髪は乱れに乱れ、汗で紅《べに》も白粉《おしろい》も剝げ落ち、装束は着くずれ、よく見れば引腰《ひきごし》の一本がちぎり取れて見当たらず、小腰《こごし》のリボンもほどけかかってひん曲がっている。

とても尋常《じんじょう》な姿ではなかった。

「権少将にやられたのよ。とうさまは、今夜あいつを夜這《よば》いさせて、既成事実《きせい》をつくらせ、一気に結婚にもっていくつもりなんだわ」

「既成事実⁉」

さすがの高彬も驚いたらしく、いつものポーカーフェイスも消しとんで、顔色を変えた。

あたしはくやし涙が浮かんできて、わっと泣き出した。

「ああ、もういや！　なんで、こんな目に遭《あ》わなきゃならないの。実の親に夜這いの手引きされるなんて、この世も末だわ。尼《あま》になってやる。尼になって、吉野君のご位牌《いはい》を胸に、鴨川《かもがわ》にとび込んでやる！」

「尼になって自殺したら、浄土《じょうど》にいけないよ、瑠璃さん」

「なにをのんきなこと言ってんのよ。あたしと権少将が結婚したほうがいいっていうの」

「相手が権少将ってのは、かなり問題があるけどね。彼はかなりのプレイボーイだし。だけど、死んでしまった吉野君の思い出を後生《ごしょう》大事にして、更科《さらしな》の月になるよりは、結婚したほうがいいよ、絶対」

「ふん。自分の縁談がうまくいってるもんだから、あたしにまで勧《すす》める気？」

「誤解だ。ぼくはべつに、兵部卿宮の二の姫との話を受けたわけじゃ……」

と悠長《ゆうちょう》に喧嘩《けんか》している場合じゃないと悟《さと》ったのは、権少将があたしの名を呼びながら、こちらに近づいて来たからだった。

4

「瑠璃姫《るりひめ》、瑠璃姫はどこにおられる。姫!」

どこにおられると言われて、はい、ここですよ、と答えるはずもないのに、ばかのひとつ覚えみたいに名を呼んで、しつこく追ってくるところが憎らしい。

手当たり次第部屋を捜《さが》しているのか、妻戸《つまど》や板引戸《いたひきど》を乱暴にあける音がする。

あたしはまっ青《さお》になり、がたがた震え出した。

「お、追って来たんだわ。どうしよう。高彬《たかあきら》、あんた腕に覚えあるの」

「衛門佐《えもんのすけ》だから、多少はね。だけど大納言《だいなごん》さまを向こうに回してまで、瑠璃さんを守る義理はないし」

高彬はいたって冷静にそう言った。

あたしは頭に血がのぼり、思わず高彬の白い直衣《のうし》の袖《そで》にすがりついてしまった。

「こんなときに、そんな意地悪言わないでよ。小さいころのこと忘れたの? 怪我《けが》して泣いてたあんたの手当ては、だれがしてやったのよ。男って、やっぱり薄情ね、なんでも忘れてしまうんだから」

「忘れてるのは、どっちなんだろうね」

高彬はあくまでゆったりとかまえ、わけのわからないことをつぶやいた。そうこうするうちにも、権少将《ごんのしょうしょう》の声は近づいてくる。

あたしは生きた心地がしなかった。

「後生《ごしょう》、後生よ。恩にきるから。ほら、来るじゃないの。いやだ、ねえったらっ！」

そのとき、妻戸がものすごい勢いで開き、あたしは息をとめて思わず高彬にしがみついた。

権少将はあたしたちを見て目を見開き、

「瑠璃姫、こんなところで衛門佐とご一緒とは、どうしたことだ。あなたは、わたしの妻となる身ですよ」

と、横柄《おうへい》に怒鳴《どな》った。

「妙《みょう》なことを言われます。権少将どの」

高彬は四つ年上の権少将に向かって、いやにおちついた受け答えをした。

だめだ。万事休《ばんじきゅう》すだ。

高彬はとうさま方についているんだ。このまま権少将に引き渡される。もう、助からない。

あすは権少将の妻なんだ——と思ったとき、ふいに高彬はとんでもないことを言ったのである。

「瑠璃姫とわたくしは、行く末を固く契《ちぎ》った、振《ふ》り分《わ》け髪のころからの筒井筒《つついづつ》の仲ですよ」

「ち、ち、ちぎった⁉　ちょっと、高彬、あんた……」

あたしはぎょっとなって、高彬を見上げた。

行く末を契ったといえば、表向きは将来を約束したという意味で聞こえはいいが、なんのことはない、いくところまでいったということになってしまう。

冗談ではない。そんな身に覚えはないわ。

第一、筒井筒の仲だったのは吉野君《よしののきみ》だ。

権少将は気色《けしき》ばんだ。

「瑠璃姫の筒井筒の君は、吉野で会った童《わらわ》だと大納言どのからうかがっている。そのようなたわ言《ごと》、真《ま》に受けると思うか」

「吉野君を亡《な》くされて、悲しんでおられた姫を、お慰《なぐさ》めしたのがわたくしです。そのとき、誓《ちか》い合ったのですよ。そうでしたね、瑠璃さん」

「そんな……、そ……そ……」

「それは本当ですか、瑠璃姫！」

権少将は険《けわ》しい表情をあたしに向けて、迫った。

違うと言いたいのはやまやまだけれど、ここで違うと言ったら、助かるものも助からない。

高彬と契った仲だというのは恥ずかしいが、いまは恥を云々《うんぬん》しているときではない。

あたしは唾《つば》をのみ込み、

「そ、そうよ。絶対、そうよっ。あたしと高彬は、ぶっちぎりの仲よっ！」

やけくそも手伝って、声を大にして叫んだ。

権少将はあきれたように目をむき、ぶるぶると震《ふる》え出した。

「すでに通っている男がありながら、それを隠しておれとの話を進めるとは、大納言どのも恥知らずな！」

「恥知らずはお互いさまでしょう。権少将どのはつい先日、左馬頭《さまのかみ》どのの北の方と昵懇《じっこん》なのが発覚し、左馬頭どのとはなばなしい立ち回りを演じられたはず。うまくもみ消されたとみえ、大納言さまはご存じないようだけれどね」

高彬の言葉に、権少将は顔を真っ赤にして一歩近づいたものの、図星《ずぼし》をさされたためか何も言い返さず、「覚えていろ」といつの時代も変わらぬ捨てゼリフを残して、走り去った。

あたしは目をつむり、肩で大きく息をした。

人の奥さんに手を出して、その旦那《だんな》と立ち回りを演じたとはあきれ果てた話だけれど、そんなやつをあたしの夫にしようとしたとうさまもとうさまだ。

知らなかったにしても、あんまりじゃないの。

しかしまあ、なんにしても助かったんだ。あんなやつの妻にならなくてすんだんだ……。

と、高彬が、おかしくて仕方がないというようにくすくす笑い出した。

「なにがおかしいのよ。人が生死の境をさまよっていたっていうのに」

「いや、ぶっちぎりの仲だと怒鳴《どな》るあたり、瑠璃さんらしいと思ってさ」

あたしはカッと赤くなった。

「あ、あれは、あんたと口裏《くちうら》を合わせただけよ。ああでも言わなきゃ、どうにもならなかったでしょ」

「……ふーん」

高彬はすっと笑うのをやめ、いやにまじめな顔でじっとあたしを眺《なが》めた。

あんまり長いこと黙ってあたしの顔を眺めるので、不覚にもますます顔が赤らんでくる。

高彬はようやく、口を開いた。

「なんだ、思い出したわけじゃなかったの」

「思い出す？　何を」

あたしがぼんやり尋《たず》ね返すと、今度は高彬がほんのりと顔を赤らめた。

「べつに、いいよ。忘れてしまってるんなら、無理に思い出すこともない。昔の約束だし」

「嫌味《いやみ》な言い方ね。あたしが何を忘れてるっての。昔の約束なんていったって、あんたとは何も……」

あれ。

ちょっと待て。さすがに、何かひっかかったぞ。記憶をプレイバックさせてみれば、……かすかに、何やら……。

かあさまと吉野君とお祖母《ばあ》さまを続けざまに亡《な》くして、悲しくて悲しくて、京に戻《もど》っても新しい母上がいて疎外《そがい》感はひとしおだったし、毎日泣き暮らしていたとき、融《とおる》と仲よしでよく家に遊びに来ていた高彬が、やたらとまとわりついて、泣かないでよ、瑠璃さん、泣かないでよ、寂《さび》しくないよ、ぼくがずっと一緒にいてあげるから、と大人ぶって言ってなかったっけ、か。

あのころはあたしもすっかり心細くて、ほんとね、ほんとにお約束するわね、ずっと一緒ね、死んだりしないでね、とかなんとかいじらしく言ったような気も……する、なあ……。

うん、する。言ったわよ。

「あらー」

あたしは気が抜けたようにつぶやいた。

「やだわ、いま、思い出したわよ、高彬。いまのいままで、ころっと忘れてたわ、あはは……」

恥ずかしいので、うつむいて檜扇《ひおうぎ》をもてあそびながら、しらじらしく笑ったりした。

「ころっとね」

高彬は、ため息まじりに言った。

「なによ、あんた、ずっと覚えてたの」

高彬は肩をすくめ、

「まあね。だから以前は、あなたが結婚しない、生涯《しょうがい》独身だと言ってるのは、ぼくがそれ相応の官位に進むのを待ってくれてるんだ、と単純に思ってたよ。もっとも最近の態度を見てたら、とてもそうは思えないから、きっと忘れてるんだろうと察しはつけてたけど」

淡々《たんたん》と、そう言うのである。

ふうん――。

そうだったのか。そんなこともあったんだ。

いやあ、しっかり忘れていたなあ。

なにしろあのころは、吉野から戻ったばかりで家になじんでいなかったし、とうさまや新しい母上との折り合いもまずかったしで、ごたごたしていたものなあ。

だいたい、あんなたわいない、約束ともいえない約束をいじましく覚えているってのも、どうかと思うんだけど……。

「で、昔の約束を思い出したところで、瑠璃さん、どうするの。やっぱり尼《あま》さんになって、鴨《かも》川《がわ》にとび込むの？」

「あ、あれは、その場の勢いで……。そ……そうね、ええっと……つまり。だけどあんた、兵《ひょう》部卿宮《ぶきょうのみや》の二の姫はどうするのよ」

「とっくに断ってるよ。あなた、浮気な男はきらいでしょう」

「それはそうよ。もちろんよ。もちろん……」

ふむ……。

昔の思い出を忘れず、他の縁談を断っていたことは、ほめてやってもいいかな。この分じゃ、結婚しても浮気はしないだろうし。

なにしろ、今回の権少将はうまく逃《のが》れたけれど、あのとうさまのこと、あたしが結婚するまで新手《あらて》の候補者を送り込んでくるだろうし、それくらいなら高彬のほうが断然……。

ううむ。考える価値はあるなァ。強行突破の既成《きせい》事実か、筒井筒《つついづつ》の幼い約束か。

うーむ……。

あれ、なんだか、心臓がどきどきしてきた。

やだわ、なんだってのよ。

あたしは急いで咳払《せきばら》いした。

「ま、そ、そうね、考えとくわよ。ともかく、ここでこうしていても始まらない。部屋に帰るわ」

「ちょっと待って。考えておくという約束に……」

高彬がそう言ったので、どきりとした。吉野君と同じようなセリフを言うのかしら。

「記念の品をあげるよ。手を出して」

「手……。あ、そ……」

肩すかしをくわされたような気がして、あたしはそっぽを向いて手を差し出した。

高彬はあたしの手を取り、ちょっと笑い、すばやく手のひらに接吻した。

「なっ……！」

あたしは耳の先までまっ赤になり、手を振り払って立ち上がった。

気を許すと、すぐこれだ。まったく、男ってのは！

口癖《くちぐせ》の「おととい、来やがれ」が喉《のど》まで出かかり、あたしは口をあけた。

だけど次の瞬間、どうしたわけか、にやっと笑ってしまったんだよね。

「ま、その……、あす、おいでよね」

初めての夜は恋歌《こいうた》で囁《ささや》いて　の巻

1

三日前から五月《さつき》に入り、そのとたん雨が降り続いて、あたしは滅入《めい》りに滅入っていた。

いくら五月が梅雨期《つゆ》だからって、よくもこう降るもんだと、腹が立ってくる。

小野小町《おののこまち》とかいうオバサンは、こういう雨を眺《なが》めながら、『花の色は移りにけりな　いたづらに』とかなんとか、自分がオバサンになってくることを恨《うら》みたらしく、和歌に詠《よ》んだわけだけれど、その気持ちがわかってくるなー。

ともかく、辛気《しんき》くさくって、やりきれない。

そのうえ、あいつは来る気配もないから、ますます滅入ってくる……。

「瑠璃《るり》や、聞いておるのか」

とうさまが苛々《いらいら》した声で、叱《しか》りつけるように言った。

「衛門佐《えもんのすけ》、藤原高彬《ふじわらのたかあきら》どのは最近来られないが喧嘩《けんか》したんじゃないかと聞いてるんだぞ。はっきりなさい」

「うるさいわねえ。そう怒鳴《どな》らないでよ。ただでさえ気分がむしゃくしゃしてるのに」

「貴族の深窓《しんそう》の姫君《ひめぎみ》が、なんという口のききようだ。瑠璃はいつも、衛門佐どのにそんな態度なのか」

「気取ったって、しようがないでしょう。幼なじみで、お互い、おねしょの数まで知ってるんだから」

「男女の仲とは、そういうものではないのだぞ。昨日まで、振《ふ》り分《わ》け髪で、男女の区別なく戯《たわむ》れていた女童《めのわらわ》が、髪をあげて裳《も》をつけて、生まれ変わったような姫になる。そこに男は女性の神秘を見るものなのです。それなのにおまえときたら、いつまでたっても女童のような振る舞いばかり。このままでは、行かず後家《ごけ》の尼《あま》さんになるのですぞ！」

とうさまは感きわまって、泣き出してしまった。

まったく、何かというと泣くんだから、信じられない。

ふた言目には、行かず後家だの、尼になるしか道はないだのと、グズグズ言うんだから。

これじゃ、ふた月前と同じじゃないの。

あたし、大納言藤原忠宗《だいなごんふじわらのただむね》女《のむすめ》、麗質玉《れいしつたま》のごとき瑠璃姫は、ついふた月前まで独身主義者で、世間の常識にのっとって結婚を勧《すす》めるとうさまと、毎日のように喧嘩していたものである。

幼いころ、平安《へいあん》の都《みやこ》から離れた吉野《よしの》という所で、家族とも離れて育ったあたしは、そこで吉《よし》野君《ののきみ》という初恋の人と会い、嬉《うれ》し楽《たの》しの幼年時代を送った。

吉野君はすぐ死んじゃったけれど、あのころの思い出があんまり美しいので、初恋の思い出に殉《じゅん》じて、生涯結婚はせず、清く正しく生きようと、けなげに決心していたのだ。

だけど、紫式部《むらさきしきぶ》というオバサンが書いた『源氏物語《げんじものがたり》』という小説が、いまも都じゅうのロングセラーになっているような現代の貴族社会では、独身主義なんて異端《いたん》なのよね。あたしはとうさまの陰謀《いんぼう》にはめられ、権少将《ごんのしょうしょう》という殿方《とのがた》と無理矢理結婚させられそうになった。

そこを救ってくれたのが、衛門佐高彬《えもんのすけたかあきら》だったのである。

高彬はあたしや弟の融《とおる》の幼なじみで、昔から家に遊びに来ていたけれど、あたしよりひとつ年下の十五のガキで、とても公達《きんだち》として意識するような相手じゃなかった——はずなんだけれど、あたしもなんとなく、ときめいてしまった。

思い起こせば、初恋の吉野君が亡《な》くなってしばらく、泣き暮らしていたあたしを慰《なぐさ》めてくれたのは、高彬だったのだ。

それに高彬の証言によれば、あたしたちは幼いころ、行く末を固く契《ちぎ》ったんだそうだ。

つまり、将来を誓《ちか》ったというのである。

そう言われれば、そんな気もする。

高彬はその約束を信じて、親の勧《すす》める兵部卿宮《ひょうぶきょうのみや》の二の姫との縁談も断ったという。

そうなると、女心が揺《ゆ》らぐのも当然よ。

伊勢物語《いせものがたり》にある『筒井筒《つつゐづつ》　ゐづつにかけしまろがたけ　生《お》ひにけらしな　あひ見《み》ざるまに』

〝きみとしばらく会わないうちに、ぼくは大人《おとな》になりました〟の歌じゃないけれど、幼なじみの子が、いつのまにか大人になっていて、そして恋人になるなんて、やっぱりロマンよー。今も未来も変わらぬラブ・ストーリーの典型よ。

あたしもついつい、『君ならずして』〝あなた以外の誰に〟と返歌《へんか》したくなっちゃって、はっと気付くと、高彬は以前にもまして、融にかこつけてこの家に遊びに来るようになっていた。

とうさまなんか、狂喜乱舞《きょうきらんぶ》しちゃって、

「衛門佐どのは、公達の中では出世頭《しゅつせがしら》で家柄もよい。右大臣《うだいじん》家の第四子であられる。なまじ融や瑠璃と親しくし過ぎていたので、つい婿《むこ》がね（婿候補）と思わずにいたが、そうかそうか、あの衛門佐どのが瑠璃と筒井筒の契りをしておったのか。これで我が家から、行かず後家を出さずにすむ」

と涙まで浮かべるしまつで、高彬が来ると下にも置かぬもてなしぶりである。

あたしとしても、独身主義を返上し、近いうちに人妻だ、とそれなりの覚悟を固める雰囲気《ふんいき》だった。

ところが、である。

その高彬から、この十日あまり、ぱったりと音沙汰《おとさた》がなくなってしまった。

もともと筆まめなほうではなく、めったに手紙もくれない無粋《ぶすい》な人だけれど、それにしても、物忌《ものい》みやら何やらで来られないなら来られないと、言付《ことづ》けだけでもくれそうなものではないか。

とうさまは、せっかく摑《つか》まえた婿がねを逃がしそうだと血相を変えているけれど、血相を変えたいのは、あたしのほうである。

瑠璃姫一途《いちず》に思い込んで、兵部卿宮の二の姫との縁談も断ったと言ったのは、三月《やよい》である。それからふた月とたたないうちに、こうも手のひらを返すような仕打ちをされて、黙っていられるものか。

だから男なんて信用できないというのだ。

「な、瑠璃や。悪いことはいいません。男女の仲は微妙なもの、喧嘩《けんか》したのなら、それはそれで仕方ない。おまえから謝《あやま》りの文《ふみ》を出しなさい」

「馬鹿言わないで。なんであたしが謝るのよ。あんなガキ、こっちから願い下げだわっ。婚約破棄《はき》よっ」

「婚約してれば、この父が、ここまでやきもきしますか。おまえと衛門佐どのとは、まだ何の約束もしていませんぞ。その約束を急ごうと思っているうちに、衛門佐どのはぱったり来なくなったんだから」

とうさまは、ため息まじりに呟《つぶや》いた。

現代の結婚ってのは、だいたいにおいて、殿方《とのがた》が女にせっせせっせと求愛の手紙を送り、ほどよいところで女が折れる、という段取りなのである。

そういえば、あいつは求愛の和歌をまだひとつもよこしていない。

ということは、高彬はあたしの正式な求婚者というわけではないのだった。

重《かさ》ね重《がさ》ね、憎らしい高彬め。

そんなにあたしと結婚したくないのか。

「ええい、腹のたつ！　いいわよ、婚約もしてないんなら、好都合《こうつごう》だ。清い身のまま尼《あま》さんになって、鴨川《かもがわ》にとび込んでやる！」

「また、それか。何かというと、尼になって鴨川にとび込むとび込むと……」

とうさまが情けなさそうにボヤいた時、表の車宿《くるまやどり》のあたりが急に騒がしくなった。牛車《ぎっしゃ》のきしむ音がしたような気もする。

もしや高彬が？　と思って、思わず腰を浮かしかけると、あたし付きの女房《にょうぼう》の小萩《こはぎ》が、裾捌《すそさば》きも鮮《あざ》やかに部屋に入って来た。

「大納言さま、こちらにおいでですか。ただ今、衛門佐高彬さまがいらっしゃいました」

「やはり高彬どのか⁉　ゆうに十日ぶりではないか。すぐこちらにお通し申せ」

「それが、あのう……」

小萩が御簾《みす》の中にいるあたしをちらりと見て、

「大納言さま融さまに、内々で急ぎのご相談があるとかで……」

「内々で、急ぎの相談……」

とうさまは訝《いぶか》し気《げ》に眉《まゆ》を寄せたが、すぐにぱっと顔を輝かせた。

「瑠璃や、もしかしたら正式な結婚申し込みに来られたのかもしれない。おまえも、そのつもりでいるがいいぞ」

「んまあ……」

とうさまは浮き浮きした足どりで、寝殿《しんでん》（主人の公私の建て物）の方にすっとんで行った。

ほんとうに現金なとうさまなんだから。

求愛の歌もよこさない朴念仁《ぼくねんじん》が、なんで正式な結婚申し込みに来るのよ——と思いつつ、なんとなく気になったりもするのよ。

この雨の中を、どうして急にやって来たのかしら。あたしに会いたかったのなら、さっさとこの部屋に来ればいいのに。

「ねえ、小萩」

あたしは、几帳《きちょう》を整えて、来客にそなえている小萩に声をかけた。小萩はあたしよりふたつ年上の十八歳で、よく気がつくし、あたしと一番気の合う女房である。

「高彬の様子、どうだった？」

「どう、といいますと」

「んもう！　つまり、結婚の申し込みに来たらしい様子かってことよ」

あたしがじりじりして言うと、小萩は心なしか顔をくもらせた。

「それがそのう……、なんだかひどく青ざめていらして……」

「青ざめて？」

「はあ。融さまとわたくしがお出迎えしたのですが、その時、融さまに向かって、まずいことになった、進退窮《しんたいきわ》まった、と呟《つぶや》かれて……」

「進退窮まった……」

おかしい。

結婚の申し込みに来た男が、青ざめて、「まずいことになった、進退窮まった」なんて言うものかしら……。

青ざめるというのはまだしも、「進退窮まった」というのは、どういうことなんだろう。

進退窮まって、結婚の申し込みに来る馬鹿がいるかしら。

もしかしたら、結婚申し込みとはぜんぜん関係なくて、お役所でとてつもない失敗でもして、とうさまに助力を頼みに来たのかしら。

だけど高彬は当代右大臣の第四子、いろんなツテがあって、なにもとうさまに助力を求めなくたってよさそうなものだし……。

どうにも、よくわからない。

いっそ寝殿《しんでん》に乗り込んで行って、相談の内容を盗み聞きしてやろうかと思ったけれど、さすがに未来の夫のいる前で、そういうことはしたくない。

あたしは苛々《いらいら》と立ったり座ったりし、そこいらにあるものを、手当たりしだい扇《おうぎ》でばしばし叩きながら、時間をつぶした。

そうこうするうちに申《さる》の刻《こく》（午後四時ごろ）になり、夕《ゆうべ》の御膳《ごぜん》が運ばれて来たけれど、寝殿のほうが気になって、ろくに食べられない。

やがて戌《いぬ》の刻《こく》（午後八時ごろ）になろうかというころ、ようやく寝殿の方から、ざわざわと人が渡って来る気配がした。

2

あたしは居ずまいを正し、御簾《みす》の中で緊張して待っていた。

まもなく、とうさまと高彬《たかあきら》と融《とおる》の三人が、しずしずと部屋にやって来た。

つき従う女房はひとりもなく、三人きりである。

どうやら、人払《ひとばら》いをしてあるらしい。

いよいよ、ただごとではない。

御簾ごしに目をこらして見ると、三人が三人とも真剣な面《おも》もちで、とうさまは決意にみちたいかめしい顔つき、融はなかば呆然《ぼうぜん》という感じ、高彬にいたっては袖《そで》で顔を隠すようにしている。

その異様な雰囲気《ふんいき》にあてられて、あたしはくらくらと眩暈《めまい》がしてきた。

現代の女性は邸《やしき》の奥深い一室に閉じこもって、ひねもす座るか横になるかしているだけで、運動らしい運動をしていないので、何かというと眩暈がしたり、動悸《どうき》が激しくなったり、息も絶え絶えになったりするのだ。

完全な運動不足で、低血圧なのである。

それはさておき、三人ともなかなか口をきかないので、あたしは呼吸を整え、扇《おうぎ》で顔を隠しながら、

「降り続く雨に気をまぎらせる術《すべ》もなく、滅入《めい》っておりました。このような日は、はかないわが身の行く末《すえ》が、つくづくと思いやられて……」

と決まりきった深窓《しんそう》の姫君の挨拶《あいさつ》をしかけたけれど、すぐにとうさまに遮《さえぎ》られた。

「瑠璃《るり》にしては上出来の挨拶だが、それはどうでもよろしい。大切な話があって来たのだ。瑠璃や、これから話すことを、心を落ちつけて聞いてほしい。これは、わしや高彬どの、それに融ともよく相談して出した結論なのだが」

とうさまの声は並々でない緊張感に満ちている。

あたしは息をのんだ。

とうさまは大きく呼吸して、一気に言った。

「突然だが、今夜、衛門佐《えもんのすけ》どのと一夜を共にしてもらいたい」

「一夜を共にする……」

あたしはぼんやりと呟《つぶや》いた。

とうさまの言い方があんまりいかついので、瞬間的に、邸《やしき》を改築するとか、方違《かたたが》えで偉《えら》い人がこの邸に来るとか、そういう種類の話だと思ったのだ。

だけど、一夜を共にするって、もっと色っぽい時に使う言葉だと思うの。

物語によく出て来るじゃない。

一夜を共にするって、つまり、男と女が……え、え？

ふいにあたしは現実に目覚め、愕然《がくぜん》となった。

一夜を共にするということは、つまり、つまり……。

「とうさま！　つまり、初夜《しょや》を迎《むか》えろってことなのっ⁉」

「こ、これ、瑠璃、そう露骨《ろこつ》に言っては、ミもフタも……」

「フタもバケツもあるもんかっ。とどのつまりは、そういうことじゃないの！　た、高彬あんたという人はっ‼」

あたしはカッと目を見開いて、高彬をにらみつけた。

高彬ははっとしたように顔を上げ、御簾《みす》ごしとはいえ、視線が合ったとたん、火がついたようにまっ赤になった。

純情ぶって、なにを赤くなっているのよ、このむっつりすけべ！

「あんたは、なんてことをとうさまにもちかけたのよ、なんてことを‼　こ、こ、このあたしを……！」

もっと罵《ののし》りたいのだけれど、興奮して言葉が出てこない。

今にも、ひきつけを起こして、失神しそうだった。

この十日あまり、ろくに家にも来ず、ご機嫌伺《きげんうかが》いの消息文《しょうそくぶみ》もよこさず、ようやく家に来たと思えば、こんな途方《とほう》もないことを言い出すなんて、高彬はあたしを何だと思っているのだ。

あたしは町小路《まちのこうじ》あたりに住むような、気安い女ではないのだぞ。

仮《かり》にも、とうさまのお父君、あたしの祖父上は関白左大臣《かんぱくさだいじん》であられた。

つまりあたしは、摂関家《せっかんけ》の流れをひくご令嬢なのだ。

望めば、帝《みかど》の後宮《こうきゅう》に入り、女御《にょうご》にもなれる身分のあたしと結婚したいと思うなら、半年や一年、まめに求愛の歌を贈り続け、くどき続けて誠意を見せるのが、当然ではないの。

それをなまじ筒井筒《おさななじみ》の仲と思うから、家に来れば部屋にも通してやり、声を聞かせてやったのをなんと誤解したものか、求愛の歌も手紙もあらばこそ、即《そく》、初夜とはどういう了見《りょうけん》なんだ。

とうさまもとうさまだ。

自分の娘を何だと思っているのよ。

「おまえが驚くのも、もっともだが……」

とうさまが諭《さと》すように話し出したが、あたしは唇をかみしめて、そっぽを向き、小萩《こはぎ》に返答させた。

「あまりといえばあまりなお話に、現《うつつ》のこととも思えませぬ。このようなことを突然お申し入れになる高彬さまの真心のなさにも、それをお許しになる父上さまの情けないお仕打ちにも、とても耐えられぬ心地です。このまま尼《あま》になって、西山《にしやま》の奥深くに逃げ込みとうございます。よよ」

「今さら、わざとらしく世間一般の姫ぶりっこをせずともよろしい。何が、よよ、だ」

とうさまはあっさり受け流した。

「突然のことなので、おまえの驚きはよくわかる。しかし、事は急を要するのだ。おまえだって、高彬どのが、むざむざ兵部卿宮《ひょうぶきょうのみや》の二の姫と結婚させられるのを、指をくわえて見ている気はないだろう」

「兵部卿宮の二の姫!?」

あたしはぎくりとした。

兵部卿宮の二の姫といえば、かつて高彬が両親に勧《すす》められていた結婚相手である。

しかし高彬は、あたしのために、その縁談は断ったと言ったではないか。

「あれは、高彬がちゃんと断ったはずよ」

「いや、ところが、そううまくはいかなかったのだ」

「うまくいかなかったって、どういうことよ。高彬がふたまたかけてたっていうの!?」

「とんでもない」

それまで黙りこくって、俯《うつむ》いていた高彬がやっと顔を上げて口を開いた。相変わらず、顔はまっ赤である。

「ちゃんと説明するよ。ふたまたかけてたなんて、誤解されちゃたまらない。兵部卿宮の二の姫とのお話をぼくが断ったのは確かだし、瑠璃さんに嘘《うそ》をついてたわけじゃないよ。だけど、ぼくのお祖母《ばあ》さまが、この縁談にえらく乗り気だったんだ。もともとこの件は、お祖母さまと兵部卿宮の間で出たものだし」

「あんたのばーさんって、剃髪《ていはつ》して尼さんになってる、大尼君《おおあまぎみ》さま？」

「そうさ。なんでも昔、若かりしころの兵部卿宮と許されぬ恋におちて、でも結局、周囲の反対で結婚できなかったという経緯《いきさつ》があるらしいんだ」

「それで孫のあんたと、向こうの娘を結婚させて、昔の恋の記念にしようっていうの⁉」

「……らしいんだ」

あたしはあきれ返った。

なんという執念ぶかいばーさんなんだ。

尼になったんなら、俗世《ぞくせ》の昔の恋のことなんかすっぱり忘れて、お経《きょう》でも唱《とな》えてりゃいいじゃないの。

「お祖母さまと二の姫は、個人的にも親しいしね。で、ぼくが断った後も、諦《あきら》め切れずに、ぼくの名前で二の姫にせっせせっせと手紙や歌を贈っていたらしい」

「あんたの名で手紙や歌を……」

あたしは呆然《ぼうぜん》とした。

さっきも言ったように、この貴族社会では、何をするにも手紙や和歌がものをいうのだ。

求婚するにも、まず歌、である。

しかし、歌や手紙といっても、貴族みんなが名筆家、名歌人ってわけではない。

となると代作者が活躍することになる。

恋の歌をもらう女のほうでも、男のへったくそな自作の歌をもらうより、才能豊かな代作者の歌の方が美しくて、うっとりとなるので、明らかに代作とわかってても、その歌を作らせた男の愛情が嬉《うれ》しいということになる。

かくして男が女に贈る歌も、女が男に返事の意味で贈る返歌も、どちらも代作者が作り、それがちゃんと公認されているのだ。

要は、その人間の名前で贈るのが肝心なのである。

つまり高彬の名で兵部卿宮の二の姫に歌が贈られているというのは、他から見れば、高彬が二の姫に求婚していることになるのだ。

「ぼくもうっかりして、まさかお祖母さまがそんな陰謀《いんぼう》を企《たくら》んでいるとは、全然気付かなかったんだ。それがひと月ほど前、二の姫から手紙が来て……」

「二の姫から、手紙⁉」

「も、もちろん、乳母《めのと》かお付きの女房の代作だろうけどさ。それが、どうもよくわからない文面なんで、父上や母上を問いつめたら、お祖母さまの企みを白状したんだ」

「あんたって、どこまで間抜けなの!? そうなるまで全然気付かなかったなんて！」

あたしは叱《しか》りとばした。

「年のわりに大人びてると思えば、妙《みょう》なとこでドンくさいのよ、あんたは！」

「……ごめんなさい……」

高彬は情けなさそうに首をすくめた。

「こんなこと瑠璃さんに話したら、また癇癪《ヒステリー》を起こされるし、融はこういう話には疎《うと》くて頼《たよ》りにならないし、そうこうしているうちにお祖母さまが倒れてしまって、加持《かじ》だ祈禱《きとう》だ潔斎《けっさい》だと家じゅう大騒ぎで外出もできなくなったんだ」

それでここしばらく、家に来なかったのか。

「二の姫との話はわかったわ。だけど、それと今夜、初《しょ》……いや、その、よ、夜を迎えるのと、どういう関係があるのよ」

「お祖母さまが寝込んでらっしゃるだろう。それが昨日の夜、ぼくを枕元《まくらもと》に呼んで、早く身を固めてくれ、と暗に二の姫との結婚を催促《さいそく》したんだ。涙ながらに、わたしも先が長くないからとくどかれると、進退窮《しんたいきわ》まってしまってさ。恥を忍んで、大納言《だいなごん》さまにご相談しに来たんだ」

なんちゅうばばあだ。

病気になったのをいいことに、高彬と二の姫をむりやり結婚させようとするなんて。

「相談を受けて、わしも驚いたよ。こう言っては何だが、高彬どのはすでにわが大納言家の婿《むこ》君《ぎみ》と思っている。今さら横取りされ……いや、ゴホン、他家に行かれては元《もと》も子《こ》も……いや、つ、つまり、わが大納言家の大切な婿君同様のお方であるのだ。それに異論はなかろう、瑠璃」

「異論って……そりゃあ、まあ……」

あたしは口ごもり、知らず知らず顔が赤くなってくるので、扇《おうぎ》で顔を隠しながらちらりと高彬を見ると、どうやらやつも同様らしい。

とうさまは満足気《げ》にふむふむと頷《うなず》きながら、

「右大臣家《うだいじん》でも世間の人も、高彬どのがわが家によく来るのは、ひとえに幼なじみの融と語らうためと思って、瑠璃との仲には一向に気付いていていない。しかし、ここで瑠璃と一夜を契《ちぎ》り、露顕《ところあらわし》(結婚後の披露宴《ひろうえん》)でふたりの仲を公表してしまえば、世間の人は、なるほど、あれほどまめに大納言家に出入りしていたのはこのためか、ふたりの仲はかなり以前からに違いないと勘《かん》ぐってくれる。世間とはそういうものだ。右大臣家も同様であろう。そうなれば、いかに右大臣家の大尼君といえども、瑠璃をさし置いて、兵部卿宮の二の姫との話をゴリ押しするわけにもいくまい。こうみえても、わが家は摂関家《せっかんけ》の流れをくむ家柄、ゆくゆくはわしも関白左大臣となるはずだ。おまえも、望めば入内《じゅだい》して、女御《にょうご》として帝《みかど》にもお仕えできる身分の姫なのだからな。性格や容色にいろいろと問題があって、わしも入内なぞはゆめ望まぬが、なにしろ身分だけは高い。おまえも、それは誇りに思ってよいのだぞ。なんの、兵部卿宮の二の姫などに負けるものか。いくらあちらが本朝《ほんちょう》三美人のひとりと呼び声高く、音に聞こえた歌才の持ち主、琴《こと》をかき鳴らせばその音色にうぐいすも黙ると評判の……かたで……あっても……」

とうさまの声は乱れがちになり、ついに口ごもってしまった。

あたしも思わず、ため息をもらしてしまった。

そうなのよねえ、兵部卿宮の二の姫って、帝からお呼びがかからないのが不思議なくらいの、噂《うわさ》に高い才媛《さいえん》なのよ。

「だ、だけどさ。二の姫より瑠璃ねえさんのほうがいい、と高彬本人が言ってるんだからさ。都じゅうの憧《あこが》れの人より、ねえさんのほうがいいというのが、弟ながらぼくには信じられないけど、ともかく高彬がそう言ってんだから」

融が気をひきたてるように早口に言ったが、あたしはよけいに落ち込んだ。

とうさまは気をとりなおして、深く頷き、

「そうだ、その通りだ。既成《きせい》事実をつくってしまえば、こっちのものなのだ。先にやってしまった方が勝ちである。わかるな、瑠璃」

また既成事実か、とあたしはげんなりした。

とうさまの発想って、権少将の時とぜんぜん変わっていないのね。

だいたい結婚前の清らかな乙女《おとめ》に面と向かって、「先にやってしまった方が勝ち」とは何ごとよ。

「だって、とうさま。ものには順序ってものがあるのよ。ちゃんと求愛のお歌や、まめやかなお手紙をいただいて、胸をときめかして、迷ったり喜んだりしてこそ、結婚前の乙女といえるんじゃないの。それを本日ただいま、さあ初夜といわれたって、その心準備が……」

「そんな悠長《ゆうちょう》なこと言ってる場合か。この際、求愛の歌も手紙も、胸をときめかすのも省略です。高彬どのは、かの令名《れいめい》高き二の姫をふってでもおまえを、と言ってくださっているのだぞ。ありがたいとは思わないのか」

「そりゃ思うわよ。だけど、それにしたって……。せめてひと月ぐらいの余裕を……」

「そんなには待っていられないのだ。ぐずぐずしていたら、祖母上思いの高彬どのの立場は、ますます難しくなるのだぞ」

とうさまは容赦《ようしゃ》なく言う。

よき婿《むこ》がねを失っては大変と、とうさまなりに必死なのだろう。

あたしは譲歩することにした。

「じゃ、一週間でいいわ。ともかく、心の準備期間が必要よ」

「それが占《うらな》いによると、吉日《きちじつ》は今日をおいてないし、明日《あす》、明後日《あさって》とこの三日間は支障がないけど、その次の日から物忌《ものい》みや方違《かたたが》えで、しばらくこちらに来られないんだ」

高彬が申しわけなさそうに説明した。

わが国には、陰陽道《おんようどう》という、唐《とう》からきた天文学やら何やらがごたまぜになった占いがあって、それに凶《きょう》とでると、物忌みと称して外出せず、家にこもって精進潔斎《しょうじんけっさい》しなければならないのだ。

当然、恋人のところにも行けない。

まったく、ろくでもない占いが幅をきかせているものである。

そのうえ、まがりなりにも正式な結婚となると、初夜から三日間、続けて逢《あ》うことが誠意ある証《あかし》とされる。ということは、占いで三日間連続して凶の出ない日を選んで、初夜を迎えなければならない。

でないと初夜一日目は迎えたものの、二日目三日目と夫の訪れがなく、新婚のスタートとしては幸先《さいさき》の悪いものになってしまうのだ。

こうして考えてみると、今夜、結婚第一日目を迎えろというとうさまの乱暴な話も、それなりに筋は通っているのだった。

それはわかるけれど、でも、それにしても、あんまり急よ。

今日、これから初夜なんて、どうすればいいのよ。経験者の女房たちから、いろいろ知恵を仕入れようにも、時間もないじゃないの。

「瑠璃、こういう時に意地を張っていると、とり返しのつかないことになるぞ。今日、結婚して既成事実をつくるか、それとも高彬どのが兵部卿宮の二の姫と結婚なさるのを黙って見ているのか、ふたつにひとつ、選びなさい」

有無《うむ》を言わせぬとうさまの口調に、あたしはそれこそ進退窮《しんたいきわ》まり、顔にあぶら汗をにじませながら、考え込んだ。

3

考え込んだって、初夜を迎《むか》えるか否《いな》かのふたつにひとつしかなくて、今ここで結婚しなかったら、兵部卿宮《ひょうぶきょうのみや》の二の姫との縁談は避《さ》けがたいというのだから、結局、あたしのとる道はひとつしかないのだった。

とうさまは嬉々《きき》として、てきぱきと指示し始めた。

「そうと決まれば、即《そく》、行動開始だ。小萩《こはぎ》、瑠璃《るり》の寝所を整えなさい。北《きた》の方《かた》（奥さん）が、今、急ぎ、寝間《ねま》の小袖《こそで》を縫《ぬ》っている。あの人は縫い物が早いから、じき出来上がってくるはずだ」

とうさまが小萩にあれこれと言いつけている間、融《とおる》は高彬《たかあきら》に何やら耳打ちしていた。

内緒のつもりなのだろうが、気が高ぶっているせいか、声がかん高くて、

「うまくやれよ、高彬。こういうことは最初女に主導権を握られると、後々《のちのち》まで響くというからな」

などと言っているのが、丸聞こえだった。

なにを言っておるのだ。なんの経験もない、かけ値なしの処女のあたしが、どうやって主導権を握れるというの！

やがて、とうさまは、

「では、ふたりとも首尾《しゅび》よく、事を終えていただきたい。明日の朝には、高彬どのはわが家の婿殿《むこどの》ですな」

などと無遠慮《ぶえんりょ》に言い、上機嫌で、融をせかして部屋を出て行き、高彬とあたしのふたりが残された。

「ごめん、瑠璃さん……」

しばらくして、ぽつりと高彬が言った。

「こんなつもりじゃなかったんだけど、大納言《だいなごん》さまに、これしか方法がないと言われて」

「とうさまは、あたしが気を変えないうちに、さっさと結婚させたいのよ。あんたがしっかりしてないばっかりに、求婚のお歌ひとつもらえないうちに、結婚しなきゃならなくなったわ。都じゅう捜《さが》したって、こんな慌《あわ》ただしい結婚をする姫なんていないわよ」

言っているうちに、改めて悔しさやら恥ずかしさやらが、こみ上げてきた。

「どんな物語を読んだって、姫君は必ず、お歌や手紙をもらってるわ。それがあんたときたら、近況報告の手紙さえよこさず……」

あたしがなおもぶつぶつ言っていると、小萩がそっと近付いてきて言った。

「姫さま、ただいま北の方さまから、白い小袖が届けられました。お床《とこ》の方もご用意できました」

あたしは思わず息をのんだ。いよいよ、という感じである。

高彬を部屋に置いて、あたしは小萩に手をとられ、一足先に隣《となり》の寝間《ねま》に入った。

入った瞬間、愕然《がくぜん》としてしまった。

日ごろ使い慣れた屏風《びょうぶ》や髪箱《かみばこ》、枕、夜具《やぐ》なんかがきちっと整えられているだけで、清き乙女《おとめ》が初夜を迎える初々《ういうい》しさが何もない。

世間の姫は結婚が近いとなると、身の回りのものをすべて新調してもらって、その日を待つというのに、あたしの身の回りの品は、使い古しのものばかり、唯一新しいのは母上が急いで縫《ぬ》ってくださった白い小袖の夜着《よぎ》だけだ。

小萩に着替えを手伝ってもらって、白い単に着替えたとたん、どっと涙があふれてきて、こらえきれずに、泣き伏してしまった。

「ど、どうしたんだ、瑠璃さん」

高彬が遠慮《えんりよ》もなく、部屋にとび込んできた。

小萩が心得顔に、

「ご心配なさいますな。こういうとき、女性は必ず泣くものですから」

「何言ってんのよ、小萩ったら！　あたしが泣いてるのは悔しいからよ。結婚仕度《じたく》の調度が、なにもないのよ。大和絵《やまとえ》の屛風や、蒔絵《まきえ》の櫛箱《くしばこ》や、螺鈿《らでん》の鏡台や、真新しい黒塗《くろぬ》りの髪箱や……何ひとつないわ。はげちょろけの髪箱を使って、初夜を迎えるなんて思ってもみなかったわ。情けないったら！」

しゃくりあげながら、とぎれとぎれそう言うと、小萩は呆気《あっけ》にとられたようにぽかんとし、高彬に至っては吹き出した。

「そんなもの、あちこちに荘園をもつ、都でも一、二の財産家の大納言家だもの。後でいくらでも揃《そろ》うじゃないか。ぼくだって、後でいくつか届けさせるから」

「そういう問題じゃないでしょっ！」

あたしは頭にきて、つっぷしたまま、わあわあと声をあげて泣いてやった。

ほんとに高彬は女心がわかっちゃいない。

女は、ただ好きな人と結婚できれば、それでいいってものじゃない。

その過程が重要なのだ。身の回りのものをひとつひとつ集め、どきどきうきうきするうちに、結婚の心構えもできてくるものなのである。

そんなことも考えてくれず、自分の都合だけで、初夜だ契《ちぎ》りだと言うなんて、どだい男の身勝手なのよ。

あたしはぐずぐずめそめそと泣き続けた。

ところが、ふと気付くと、室内がいやに薄暗くなっている。たぶん、燈台《とうだい》(室内スタンド)の油が少なくなっているのだ。

「小萩、油をつぎ足して」

つっぷしたまま、そう命じたが、返事がない。部屋の中はしんと静まり返って、しとしとと降り続く雨の音が、遠くに聞こえるだけである。

嫌《いや》な予感がして頭を上げると、小萩がいない。

「こ、小萩はどこよっ」

「今さっき退《さ》がって行ったよ。朝、御格子《みこうし》を上げに参りますって言って」

あたしはぎょっとなって、がばっと身を起こした。呑気《のんき》に泣いているうちに、薄暗い部屋に高彬とふたりきりになってしまっている。

あわてて小萩を呼びつけようとしたが、よくよく考えれば、これから初夜を迎える以上、小萩が側にいても、してもらうことがない。

あたしは、にわかに緊張した。

4

見れば、いつのまに狩衣《かりぎぬ》を脱《ぬ》いだのか、白い小袖姿《こそですがた》の高彬《たかあきら》が、部屋の隅《すみ》でしょぼんと小さくなって正座している。

その様子がいかにも白い仔猫《こねこ》という頼《たよ》りなさで、なんとなく笑ってしまった。

日ごろ、大人びたことを言ってはいても、結局は、十五歳のガキなんだよね。

「えーと……、もそっと、こっち来てもいいわよ……」

咳払《せきばら》いしながら、そう言うと、俯《うつむ》いたままの高彬の首筋が、夜目《よめ》にもすうっと赤くなった。

それを見ると、ますますあたしは落ちついてきて、と同時に不安になってきた。

どうみても高彬も初めて、という感じだ。

だけどあたしの読んだ物語は、伊勢物語《いせものがたり》も落窪物語《おちくぼものがたり》も源氏物語《げんじものがたり》も、みいんな殿方《とのがた》の方が経験たっぷりで、女はぼんやり待っているだけで、殿方があれこれかきくどいて、事に至るという手順であった。女の方から頑張《がんば》ったという話は聞かないし、読んだこともない。

当然、あたしもそのつもりでいるわけだけれど、肝心の高彬は大丈夫なのかしら。

まさか本人に向かって、あんた、あっちのほうは大丈夫？　とも聞けないし……。

それにしても、何かしゃべってくれないと、場がもてないではないの。

「えーと、……よく降るわね」

「え!?」

高彬はぎくりとして頭を上げた。

「雨が降るわね、と言ったのよ」

「え、ああ、そう……」

高彬は上《うわ》の空で呟《つぶや》き、ふいに思い出したように、

「五月《さつき》というのは、ほんとうにうっとうしいね。早く五月が終わって六月《みなづき》になればいいのに」

といまいまし気《げ》に言った。

あたしは体から力が抜けて、がっくりと肩を落とした。

そりゃ五月は梅雨《つゆ》で、降り続く雨はうっとうしく、古来《こらい》、忌《い》み月《づき》とされている辛気《しんき》くさい月だけれど、今まさに初夜を迎えんとする殿方が、「うっとうしい」だの「早く終わればいい」だのと言うものかしら。

やっぱり、ここは、

五月雨《さみだれ》に　いよよまさるる涙河《なみだがわ》
ながむるままに媾《あ》ふよしもなし

〝長雨にふられて、恋しいあなたと共寝《ともね》することもできず、ぼんやりしていると涙があふれてくる〟

なんていうお歌を、口ずさんでくれれば、さすがあたしが見込んだだけの殿方《とのがた》！　と感激もあらたに、

忍《しの》び忍《しの》び　流す涙の袖衣《そでごろも》
　　さみだれ髪を君知らざれば

〝わたしも恋しい貴方《あなた》を忍び恋い、忍び泣いております。でも、貴方を思って、ひとり寂《さび》しく、乱れた髪を梳《す》く気力もなくぼんやりしているわたしのことなど、ご存じないのでしょう〟

とかなんとか、ない歌才をひねり倒してでも、格好のついた歌を口ずさみ返し、一気に雰囲《ふんい》気《き》が盛り上がるというのに。

あたしは嫌味《いやみ》のひとつも言いたい気分になり、

「いくら五月はうっとうしいといってもね。かの光源氏《ひかるげんじ》は、こういう時期にかの有名な雨夜《あまよ》の品定《しなさだ》めをしたのよ。やっぱり美意識をもった大人の公達《きんだち》は、そうあるべきだわ。あんたって少しも、情緒《じょうちょ》を理解しないのね。半人前というか何というか……」

「──どうせ、ぼくは年下だからね」

高彬はむっつりと陰気に言った。

高彬は年下と言われるのを何より嫌っていて、あたしもそこは気を遣《つか》って、年下とは言わずに半人前とボカしたけれど、今夜という今夜は神経過敏になっているらしい。

そのヒネ方がまた子供っぽくて、あたしもムッとした。

「あたしは何も、年下とはっきり言った覚えはないわよ。ただ、あんたって、大人の殿方みたいに気のきいた歌ひとつ、口ずさむわけじゃなし、こっちも気分が出ないじゃないの」

「正直な話、ぼくは歌才にはあまり自信がないんだ。下手《へた》な歌を贈って、瑠璃さんに馬鹿にされるのは嫌《いや》だから、つい、贈りそびれるんだよ」

「代作者を雇《やと》えばいいのよ。あんたん家《ち》、お金持ちでしょ。何、ケチッてんのよ」

「ぼくは代作なんて嫌だね。そういう歌は技巧に走って、真情がこもらないよ」

「そこが野暮《やぼ》なのよ。歌に自信がないからとろくに手紙もくれず、かといって代作も頼まず、それで女が満足すると思ってるの⁉　だいたい、後朝《きぬぎぬ》の歌はどうすんのよっ」

後朝の歌、というのは、男女が一夜を契《ちぎ》り、男が家に帰ってから女に贈る歌のことである。

これは早く贈れば贈るほど、男の誠意があるとみなされる。

朝早く帰って行った男からの後朝の歌が、夕方に来るようでは情が薄く、見込みがない。

「あんた、歌才がないのなんのと言って、後朝の歌まで贈らない気じゃないでしょうね」

「そ、そんなことは……」

高彬は口ごもった。

そんなことはない！　と断言しないところが苛立《いらだ》たしく、あたしはいよいよ不安に駆られた。

この分では、ほんとに歌才に自信がないといって、後朝の歌も省略する気かもしれない。

こんなまともではない初夜を迎えるうえ、後朝の歌ももらえないとなれば、女としてのあたしの立場はどうなるのだ。

　これじゃほんとに尼《あま》になったほうが、ましだったたってものよ。

　あたしは意を決して、高彬を睨《にら》みつけた。

「高彬、あんた、今から後朝の歌をつくりなさい。それができないうちは、安心して結婚できないわ」

「今から⁉」

　高彬は呆然《ぼうぜん》とあたしをみつめた。

「何もしないうちから、後朝の歌をつくれっていうの⁉」

「歌才はないわ、代作は頼まないわというんじゃ、心配じゃないの。今のうちにつくっとけば、あんたは家に帰ってさらさらと紙に書くだけだから、迅速《じんそく》確実にあたしの元に届けられるでしょ」

「馬鹿馬鹿しい。どこの世界に、ごちそうになる前に礼状を書く人間がいるんだ」

「ごちそう⁉　何よ、それ。女はごちそうで、後朝の歌はごちそうのお礼状ってわけ⁉　馬鹿にしないでよっ」

　あたしはカッとなり、側にあった枕箱《まくらばこ》を高彬めがけて投げつけた。

　高彬がうまくかわしたので、その後ろの几帳《きちょう》に当たり、几帳がものすごい音をたてて倒れた。

「な、何するんだ、瑠璃さん、危ないじゃないか」

「あんたがあんまり情けないこと言うからよっ。よっよっ、吉野君《よしののきみ》は、間違ってもそんなことおっしゃらなかった。都に呼び戻され、官位を授《さず》かったら、必ずお迎えに行きます。ふたりで今以上に幸せに楽しく暮らしましょうねって、心をこめておっしゃったわ。十歳の童《わらわ》に言えたセリフが、なんであんたに言えないのよっ」

「また吉野君か。もう一万回も聞かされたよ。新婚初夜に、妻になる人の口から他の男の名が出るほど、惨《みじ》めなことはないね」

高彬は気色《けしき》ばんで言った。

ふん。十五のガキが、何をきいたふうなこと言っているのよ。

「ありがたいことに、まだ妻になってないわよ。あんた、考え直すんなら、まだ間に合うわ。あたしも考え直したほうがいいかもしれない。気のきいたセリフひとつ言えず、そのくせ今から夫面《おっとづら》する子供っぽい人なんて、うんざりするわ」

高彬はさっと顔色を変えた。

薄暗い室内でも、その変わりようがはっきり見えたので、さしものあたしもひやりとして口をつぐんだ。

「瑠璃さん、あなたは何かというと子供っぽい、子供っぽいと言うけど、それはやめてくれないか。不愉快だ」

長い沈黙の後、高彬がいやに静かな、冷たい口調で言った。

今まで聞いたことがないくらい冷ややかな声と、冷ややかな態度に、あたしはすっかりあわてしまった。

「あ、あの、あたしは……」

その時だった。何やら外の通りが騒《さわ》がしくなり、人々が声高《こわだか》に叫んでいるのが聞こえた。

何事かと思うまもなく、ぱたぱたと簀子《すのこ》（廊下《ろうか》）を歩く足音がして、格子《こうし》の外で止まった。

「ご無礼致します。高彬さま、お聞きでいらっしゃいますか」

小萩《こはぎ》が遠慮《えんりょ》がちに声をかけてきた。

あたしたちが共寝《ともね》の夢を見ている最中だと思っているらしい。

高彬が気まずそうに、

「ああ、聞いてるよ。なに？」

と言った。

「ただいま、右大臣《うだいじん》家から至急の使いが参られました。右大臣家の北《きた》の方《かた》さまの御母君《おんははぎみ》、御長《おんなが》患《わずら》いで病床におつきでしたが、つい先刻、御病状が急に悪化し、おかくれ遊ばされたと……」

「お祖母《ばあ》さまが亡くなった⁉」

「大尼君《おおあまぎみ》が死んだ⁉」

あたしと高彬は同時に叫んだ。

「右大臣家では、ただいまより服喪《ふくも》に入られますそうで、至急お戻りくださるようにと」

あたしがものを言うより早く、高彬は立ち上がった。

「すぐ帰る。使いの者に、そう伝えてください。それと供《とも》の者を起こして、車の用意を」

「はい」

高彬は薄暗がりの中で、もそもそとひとりで着替え始めた。

いつも女房に手伝ってもらっているので、ひとりではうまく着られないらしく、手間取っているので、あたしは仕方なく単《ひとえ》を着せかけたり、指貫《さしぬき》の帯紐《おびひも》を結んであげたりした。

こうやって、かいがいしく世話をしているのを傍《はた》から見ると、まるで事をしとげた後の夫婦みたいだけれど、その実は口喧嘩《くちげんか》ばかりで手さえ握っていないと思うと、複雑な気持ちがする。

「あのう、大尼君のこと、ご愁傷様《しゅうしょうさま》です」

着替えの終わった高彬に向かって、あたしは一応、手をついておくやみを述べた。

兵部卿宮《ひょうぶきょうのみや》の二の姫との縁談を推進していた生臭尼《なまぐさあま》さんではあったけれど、高彬にとっては大切な祖母上だったのだ。

ばばあっ子の高彬にとっては、痛手だろう。

高彬は難しい顔で俯《うつむ》いていたが、

「急なことなので、今すぐには何も考えられないけど……。ともかくぼくたちの間に五カ月間の猶予《ゆうよ》ができたわけだ。あなたの言う通り、お互い、いろいろ考え直した方がいいかもしれないね」

と、ぼそりと言った。

よく意味がのみ込めず、あっけにとられているあたしを残して、高彬はさよならとも言わず、部屋を出て行ってしまった。

ひとりになってあれこれ考えをめぐらせてから、やっと五カ月の意味がわかった。現代では肉親が亡くなると、その血縁関係によって服喪《ふくも》期間が決まり、その期間中は公式行事はもちろん、男女の仲も慎《つつし》まなくてはならないのだ。

そして祖父母が亡くなった場合、服喪は五カ月なのである。

ということは、この期間、あたしと高彬の初夜はお預けになるのだ。

小萩が、高彬を見送ってから、あたしの部屋にやってきて、倒れた几帳《きちょう》や転がった枕箱を眼にとめ、

「派手におやり遊ばしましたのねえ」

と感嘆したけれど、派手もなにも、高彬は指一本、あたしに触れずじまいだったのである。

あげくに、「お互い、いろいろ考え直した方がいいかもしれない」などと捨てゼリフを残して、さっさと帰ってしまった。

気のきいたセリフはひとつも言えないくせに、捨てゼリフだけはやけにうまいじゃないのと

思うにつけても、悔しくて、あたしは部屋の隅《すみ》に転がっていた枕箱を拾い上げ、妻戸《つまど》に向かって叩きつけた。

5

とうさまは、運命の一夜に事が成就《じょうじゅ》しなかったと聞いて、激怒した。

「おまえは寝間《ねま》に入ってからずっと、何をしておったのだ！　寝殿《しんでん》にいても、何かが倒れるようなすさまじい音がするから、さすが若い者は迫力が違うと感心しておったら、まだ契《ちぎ》っていないだと⁉　しかも喧嘩《けんか》別れしたなどとは言語道断《ごんごどうだん》、どこの世界に、初夜に婿殿《むこどの》に向かって枕を投げつける妻がおるか。これから五カ月というもの、高彬《たかあきら》どのは自由に夜歩《よある》きもできぬ身なのだぞ。そうこうしているうちに年も明け、おまえは早《は》や十七ではないか。十七で嫁に行かぬ姫がどこにおる！」

「兵部卿宮《ひょうぶきょうのみや》の二の姫だって、あたしと同じ年なのに、まだ独身よ」

「あちらは引く手あまたで、選んでおるのだ。高彬どのが唯一《ゆいいつ》の引き取り手のおまえとは、条件が違うではないかっ」

「…………」

いつになく真剣に怒っているとうさまの勢いに圧倒され、言い返す言葉も出なかった。

確かにあたしも、日を追うに従って、ああいう別れ方をしたのはまずかった、と思ったりもするのだ。

本日、即《そく》、初夜と言われると嫌《いや》なくせに、いざ始めましょうという時になって五カ月も延びてしまうと、惜《お》しいことしたという気になるから、不思議といえば不思議。

高彬は、文字通りぱったりと来なくなった。

服喪《ふくも》中だから当然といえば当然だけれど、ああいう捨てゼリフを言われると、このまま五カ月が過ぎても来ないいんじゃないか、とふと不安になったりする。

その不安を裏書きするように、ある日、融《とおる》が部屋にとび込んできた。

「ねえさん、高彬と兵部卿宮の二の姫とのことが噂《うわさ》になってるの、知ってる⁉」

「噂？　何、それ」

「今日、衛門大尉《えもんのだいじょう》、中原元頼《なかはらのもとより》どのと靫負庁《ゆげいちょう》（衛門府《えもんふ》、検非違使《けびいし》の役所）でお会いしてね。元頼どのは高彬の部下にあたる人だけど、あの人もかなり昔から、身分違いと知りつつ、兵部卿宮の二の姫に求婚してるんだ。兵部卿宮家に仕える女房をひとり買収して、いろいろ情報を得てるんだって。その女房から聞いた話らしいんだけど……」

その元頼が言うには、大尼君《おおあまぎみ》は死ぬまぎわ、高彬と二の姫が結婚してほしいと遺言《ゆいごん》したらしいというのである。

二の姫自身、大尼君とは親しかったし、その遺言を聞き及び、そこまで思い込んでくださっていたのかと心打たれ、急に高彬との縁談に乗り気になったらしい。

もともと宮家では、この縁談に乗り気だったので、渡りに舟とばかり、服喪《ふくも》中の高彬に慰《なぐさ》めの手紙を出させたりしているというのだ。

「このままでは、除服《ぶくぬぎ》（喪《も》が明けること）の十月《かんなづき》ごろには、両家で縁談が調《ととの》うかもしれないと青くなってたよ。元頼どのは二十八歳にして、やっと衛門大尉《えもんのだいじょう》になれた中原家の三男、こういっちゃ悪いけど、右大臣《うだいじん》家の息子で将来を約束され、十五歳にして衛門佐《えもんのすけ》になった高彬とじゃ、たちうちできないし……」

「そんな馬鹿な……」

あたしは絶句してしまった。

あの大尼君がそういう遺言を残すことは充分あり得るとしても、高彬がその遺言に諾々《だくだく》と従うなんて……。

「高彬ってお祖母《ばあ》ちゃん子だったしなあ。ぼくもそんな馬鹿なとは思ったけど、よくよく考えたら、あり得ない話でもない気がして」

そうなのだ。やつはばばあっ子で、それがために二の姫との縁談を断りかねて、うちに相談に来たのである。

それでもばーさんが生きているうちは、まだ抵抗もできようけれど、遺言ということになれば抵抗しきれないのじゃないだろうか。

あたしはあせりと不安で、息切れがしてきた。

誰かに相談しようにも、話し相手の小萩《こはぎ》は里下《さとさ》がりをしていて、ここ四、五日は帰って来ない予定である。

早く帰ってくるよう、手紙を書こうかしらと思っていると、翌日の夜遅く、小萩が慌《あわ》ただしく帰って来た。

「ちょうどよかったわ、小萩。おまえに話したいことがあったのよ」

「それどころではございません、瑠璃《るり》さま。あの高彬さまが早くも心移りなさったのです」

小萩が語気も荒く、先走って言った。

さすが噂話《うわさばなし》には耳ざとい女房、もう知っているのかと、

「二の姫との噂があるのは、昨日、融から聞いたわ」

と落ちついたところを見せると、小萩は苛立《いらだ》たし気《げ》に頭《かぶり》を振った。

「噂どころではありません。噂だけなら、大尼君さまが亡くなってまもなく、流れておりましたし、わたしは半月も前から聞いておりましたわ。ただ噂は当てにならないし、へたにお知らせして、瑠璃さまを驚かせてもと黙っていたのです」

「半月も前から噂になってたの!?」

あたしはあきれ返った。

邸《やしき》の奥深くに籠《こも》って、めったに外にも出られないあたしが、何も知らないのは当然としても、

融はその半月というもの、毎日役所に出ていて、どこに耳をつけていたんだ。

「融さまは、こういうことには疎《うと》くていらっしゃるお坊っちゃま育ちですから、情報が遅いんですわ。高彬さまは二の姫と、もう文《ふみ》もやりとりなさってるんですよ」

「ど、どうしてわかるのよ、そんなことまで」

「わたしの母代わりの伯母《おば》の家が、万里小路《までのこうじ》あたりにあるのですわ。里下がりして、そちらに身を寄せておりましたのですが、今日の夕刻、夕涼《ゆうすず》みのつもりで表に出ましたら、右大臣家に仕えている顔見知りの若い者が、足早に歩き過ぎるのです。何気なく声をかけたら、顔色を変えて、持っていたものを取り落としましたの。それがこれですわ」

小萩は胸元から、くしゃくしゃになった薄青《うすあお》ぼかしの紙をとり出した。

妙《みよう》な胸騒ぎを感じてひったくり、ひと目見たあたしは、文字通り頭がくらくらして貧血を起こしかけ、小萩に支えられたくらいだった。

墨痕淋漓《ぼっこんりんり》とはとてもいえない、みみずの親戚《しんせき》みたいな頼《たよ》りない文字で、

夕《ゆふ》されば　燃《も》えこそわたる夏虫《なつむし》の
身にあまる思《おも》ひ　人や知るらむ

〝夕方になると一層光を増す蛍《ほたる》のように、耐え忍んでいても自《おの》ずから湧《わ》き出る熱い思いに、身

を焦《こ》がしているわたくしを、貴女《あなた》は知っているのでしょうか〟

祖母が亡くなったばかりだというのに、何度もこんなお手紙を差し上げるのは不謹慎《ふきんしん》なのですが、思いは急《せ》かされて

高彬

などと書いてあるのだ。

あたしと同じくらいへたくそなみみず文字は、明らかに高彬のものである。決して、他人の書いたものではない。

あたしはわなわなと震え出した。

「あのあたりには、兵部卿宮のお邸《やしき》がございますでしょう。若者は、二の姫のところにその文を届けるところだったのですわ。そやつは前々からわたしに言い寄ってるので、問いつめたら正直に白状したのですが、おふたりはこのところ、頻繁《ひんぱん》に文のやりとりをしてらして、どれもこれもすべて直筆《じきひつ》だそうですの。近いうちに、高彬さまが大尼君さまの御遺品を届けるという名目で、二の姫さまをお訪ねする計画もあるとか……」

あたしはばさっと手紙をとり落とした。

あいつとの初夜が流れたのは、まだほんのひと月ほど前のことである。

ことに至らなかったとはいえ、寝間《ねま》で、女が袿《うちぎ》を脱いで単袴《ひとえばかま》姿で殿方《とのがた》とふたりきりになる

など、もはや結婚したも同然ではないか。

その妻同然のあたしには、服喪中《ふくも》を盾《たて》にとって手紙一本よこさず、一方では二の姫にせっせと直筆《じきひつ》の恋の歌を贈っているというのだろうか。

好きな人に下手《へた》な歌を贈りたくないとか言って、代作歌もよこさないくせに、二の姫にはこんな熱烈な歌を贈るなんて！

あの夜、お互いに考え直そうと言ったのは、こういう意味だったのっ。

屈辱感《くつじよく》と怒りで身の皮がはがれそうな気がして、思わず脇息《きようそく》にしがみついた。

こらえようと思っても、体の底から震えが湧《わ》き上がってきて、止まらない。

結局、男というものは、こうなんだ。

なまじ高彬に誠意があると信じて、結婚を考えたあたしが馬鹿だった。

やはり尼《あま》になって、清らかな初恋の思い出を大切にしつつ、吉野君《よしののきみ》の菩提《ぼだい》を弔《とむら》って生きるのが正解だったのだ。

高彬めっ。なにが「身にあまる思ひ　人や知るらむ」よ。服喪中にこんな歌を女に贈るなんて、バチが当たるわよっ。

あたしは尼になってやる。

尼になって修行して、女修験者《おんなしゆげんじや》になって、自在《じざい》に生霊《いきりよう》になり、右大臣家と兵部卿宮家に祟《たた》ってやる！

それだけではおさまらない。

この屈辱、この恨《うら》みをなんとしても晴らさでおくべきか。

「小萩、おまえ、その右大臣家に仕えている者と顔見知りと言ったわね」

「はい。高彬さまの供人《ともびと》で、こちらにいらっしゃる時、必ずつき従っておりますから」

「その者とうまく渡りをつけて、高彬が兵部卿宮家を訪ねることがあったら、すぐ知らせてもらいなさい」

「ど、どうなさるおつもりですの」

「考えがあるのよ。どうせ尼になるんだもん。俗世《ぞくせ》の恥はかき捨てよ。何だってできるわ」

あたしは震える声できっぱり言った。

6

それからというもの、あたしは高彬《たかあきら》への復讐《ふくしゅう》ばかりを考え、夏の暑さも忘れるくらいだった。

高彬と二の姫の噂《うわさ》は、もはや都じゅうに広がっているらしく、とうさまがまた怒鳴り込んで来て、やれ謝《あやま》りの手紙を書けだの、おくやみにかこつけた恋の歌を贈れのと言ったが、あたしは取り合わなかった。

もはや仲直りなどということは、考えられない。

六月《みなづき》が過ぎ、七月《ふみづき》に入り、明日が七夕《たなばた》の祭りという日の昼過ぎ、ここしばらくの憂鬱《ゆううつ》で頭痛がするので、脇息《きょうそく》を枕にうつらうつらしているところに、小萩《こはぎ》がやって来た。

「瑠璃《るり》さま、例の者から連絡がきましたわ。大尼君《おおあまぎみ》の御遺品のひとつに、蓋《ふた》に天ノ川《あまがわ》を模した螺鈿細工《らでんざいく》の文箱《ふばこ》があって、御遺言《ごゆいごん》でそれを二の姫にお渡しすべく、今夜、兵部卿宮家《ひょうぶきょうのみや》に高彬さまがいらっしゃるとのことです。服喪《ふくも》中の外出は忌《い》むべきなので、正式な訪問ではなく、ごく内々《うちうち》なものだということです」

男が女のもとに内々な訪問をするといえばその裏にあるものは一目瞭然《いちもくりょうぜん》である。

とうとう、そういう段取りになったのかと思うと、頭痛もふっとび、体じゅうが怒りに燃えたった。

「わかったわ。今すぐ、腕のたつ家人《けにん》を三、四人集め、網代車《あじろぐるま》（略式の牛車《ぎっしゃ》）を用意させなさい。夜になってから、とうさまにばれないように外出するわよ」

小萩は唖然《あぜん》として、あたしをみつめた。

現代では、女はそうそう簡単に外出しないのである。

もっとも、あたしは常識にとらわれない自由な姫だから、時に、とうさまに内緒で御忍《おしの》びで外出しているけれど。

「あ、網代車と申しますと、もしや兵部卿宮家へ……」

「もちろん、乗り込むのよ」

「お、お止《や》めください、瑠璃さま。それだけはお止めになって！　昼や夕方の御忍びならいざしらず、夜になれば夜盗《やとう》や物《もの》の怪《け》が跳梁《ちょうりょう》して、恐ろしゅうございます」

「だから女車《おんなぐるま》を使わず網代車を使うし、腕のたつ供人《ともびと》をボディガードに連れてくのよ」

「でも、でも、宮家へ乗り込むなんて、いくら変人で名だたる瑠璃姫とはいえ、都じゅうの笑い者ですわ」

「今日を限りに剃髪《ていはつ》するのに、恥も外聞《がいぶん》もあるものか。さっさと用意させるのよっ」

あたしの見幕《けんまく》に恐れをなしたのか、小萩は部屋をとび出して行った。

やがて戌《いぬ》の刻《こく》（午後八時ごろ）ほどにもなったころ、あたしは袿《うちぎ》に被衣《かつぎ》（かぶりもの）をかぶって、青ざめている小萩とともに網代車に乗り込み、裏門からそっと抜け出した。

星が人の魂《たましい》を吸い取るように不吉に輝いて、簾《すだれ》を通しても星明かりがうっすらと見える。

古来、星の光は不吉なものとされたけれど、こんな星降る夜、つれない男に仇討《あだう》ちに行くなんて、まるで物語そのものだわ。

なんて、あわれ深い女心なのかしら。

おのが身の不運がつくづくと思いやられて泣けてくるわよ、ほんとに。

今となっては、あの運命の五月三日《さつきみか》の夜、契《ちぎ》りを結ばなかったのだけが、救いだわ。

清い身のまま、尼《あま》になれる。

あたしがぐずぐずと鼻をすすっているうちに、車は兵部卿宮邸《てい》の近くに来た。

邸内の様子を探りに行かせた者が、戻って来て言うには、客人が多く、どうやら寝殿《しんでん》で七夕《たなばた》の饗宴《きょうえん》の最中らしく、車宿《くるまやどり》には右大臣《うだいじん》家の牛車《ぎっしゃ》もあったという。

やっぱり高彬も来ているのだと思うと、カッと体が熱くなった。

「高彬は服喪中で、公式行事は当然ながら、宴《うたげ》なども遠慮《えんりょ》するはずだわ。来てるにしても、宴には出てないわよ。小萩、おまえ、顔見知りの右大臣家の家人《けにん》をつかまえて、高彬がどこにいるのか、聞き出しておいで」

小萩はもはや抵抗しても無駄だと悟《さと》ったらしく、被衣《かつぎ》をかぶって網代車《あじろぐるま》から出て行った。

やがて、のろのろと足を引きずるように戻って来て、

「高彬さまは、あのう……」

と言ったきり、口をつぐんだ。

あたしはぐっと腹に力を入れた。

「二の姫のところにいる、というわけね」

「……はあ……」

「二の姫の部屋はどこ⁉」

「東《ひがし》の対屋《たいのや》とか……」

「東、ね。わかったわ。小萩、おまえ、これから宮家の東門《ひがしもん》の前を通りかかって、そこで腹痛

を起こして倒れなさい。門番が駆け寄ってきて、若い娘とわかれば、あれこれ介護《かいご》してくれるはずよ。その隙《すき》に、あたしが忍び込むわ」

「そ、そんな盗賊《とうぞく》のようなまねを、大納言《だいなごん》家の姫君が……」

小萩は震《ふる》えあがったが、あたしに睨《にら》み付けられて、すごすごと歩いて行った。

あたしは網代車からとび降り、三丈《さんじょう》（約十メートル）ほど離れて、小萩の後をつけて行った。

小萩は言われた通り、東門を少し過ぎたところで、ふいにしゃがみ込んだ。

案《あん》の定《じょう》、ふたりの門番が駆け寄り、声をかけている。

その隙に、あたしは邸内に駆け込んだ。

邸内の人間は、みな寝殿の宴にかり出されているらしく、人少なである。

貴族の邸は、どれも同じ造りなので、東の対屋はすぐ見当がついた。

あたしは足音を忍ばせて勾欄《こうらん》（廊下《ろうか》の手すり）に近付き、草履《ぞうり》を脱ぎすてて勾欄をよじのぼって、簀子縁《すのこえん》（廊下）に立った。

もう、しっかり夜盗《やとう》そのものの活躍である。

部屋はどこも格子《こうし》が降りていて、二の姫がどの部屋にいるのか、まるでわからない。

足音をさせないために、よつん這《ば》いのようになりながら、うろうろと灯りが洩《も》れている部屋を捜した。

そのうち、向こうの方から女房たちが話しながらやって来る気配がした。

見つかれば、えらいことになる。

さすがのあたしも慌《あわ》ててしまい、目についた妻戸《つまど》を引くと、運よくかけ金がかかっていない。

これ幸いと中にとび込み、かけ金をかけた。

間一髪《かんいっぱつ》で、女房たち二、三人がぺちゃくちゃおしゃべりしながら、通り過ぎて行く。

「高彬さまって、お年のわりに童顔ね。うちの二の姫さまは、年より大人びた容姿でいられるから、つり合わないいんじゃないかしら」

「この際、家柄と相性よ。二の姫さまが、あんなに楽しそうにお笑いになるなんて、めったにないことよ」

「兵部卿宮さまは有頂天《うちょうてん》で、除服《ぶくぬぎ》になれば、すぐ結婚だとおっしゃってるわね」

「あら、あの噂《うわさ》はどうなの。高彬さまには筒井筒《つついづつ》の恋人がいらっしゃるという……」

あたしはぎくりとした。

そういう噂が、あるにはあったのか。

と思うまもなく、女房のひとりが笑い出した。

「大納言家の瑠璃姫、という噂でしょう。あの方、幼いころ、都を離れてお暮らしだったとかで、いまだに鄙《ひな》びて、一風変わった方なんですって？　邸内を走り回ったり、汚《きたな》い言葉を遣《つか》ったり、ともかくまともな姫じゃないそうよ。一説によると、物憑《ものつ》きとか。だから大納言さまが必死に婿捜《むこさが》ししてらっしゃるんですって、とても、うちの姫さまの敵ではありませんわ」

「それもそうね。いやね、鄙《ひな》つ女《め》は。ほほほ」

あたしは柱にかじりつき、妻戸をぶち開けて躍《おど》り出して女房どもの横っつらをぶっとばしたい衝動を抑えた。

くっそーっ。

誰が鄙つ女よ、誰が！

仮《かり》にもあたしは摂関家《せっかんけ》の流れをくむ令嬢なのよ。

そりゃ、宮腹《みやばら》の二の姫と比べれば、血筋の点では劣っているけれど、少なくとも召使《めしつかい》の者らに、鄙つ女呼ばわりされるような人間ではないのだ。

怒りのため、またもや貧血を起こしかけ、よろよろと二、三歩よろめきかけた時、何やらひどく近くで、人の話し声がするのに気がついた。

よく眼をこらすと、ここはどうも、どなたかの寝間《ねま》らしく、襖障子《ふすましょうじ》を隔《へだ》てた向こうから、かすかに灯が洩《も》れてくる。

そばに寄って、襖障子の隙間《すきま》に眼を当てて覗《のぞ》くと、なんと、隣《となり》の部屋にいるのは高彬その人だった。

ということは、あたしの位置からは見えないが、その前方にいて、おそらく御簾《みす》の中にいるのが、噂に高いかの二の姫に違いなかった。

だんだん耳が慣れてきて、最初はぼそぼそ声にしか聞こえなかったものが、しだいにちゃんと会話になって聞こえてきた。

「やはり、こうやってお会いして、いろいろと伺《うかが》うのは、手紙とは比べものになりませんよ。これからも、たびたび来させていただきたいですね」

高彬が嬉《うれ》しそうに、照れくさそうに言った。

ややあって、鈴《すず》を転がすような声がした。

「わたくしは、高彬さまからの文《ふみ》が届くのが、毎日待ち遠しくてたまりませんのに、たびたび来られては、文をいただく楽しみがなくなりますわ」

「姫は意地悪だなあ。そういう言い方をされると、からかわれてるみたいですよ。下手《へた》くそな歌ばかりなのに」

「あら、わたくし、誉《ほ》めておりますのよ。これだけまめまめしく、文をお書きになる殿方《とのがた》は都じゅうにふたりとおりませんわ。それだけでも、女性としては心打たれるものです。せいぜいお書き遊ばして」

この姫と覚《おぼ》しき方のお声は涼《すず》やかで、通りがよく、女のあたしも一瞬聞き惚《ほ》れるくらいだったけれど、しかし、「これだけまめまめしく文をお書きになる殿方は、都にふたりといない」のセリフに、われに返った。

このあたしには手紙一本書かず、二の姫には一日もあかず書き贈る、その不実さが許せない。

あたしは意を決して、隠し持ってきた懐剣《かいけん》を取り出し、それを握りしめてひと呼吸おき、思いきって襖障子《ふすましょうじ》を開けた。

曲者闖入《くせものちんにゅう》かと顔を強張《こわば》らせ、高彬が腰刀《こしがたな》に手をかけて振り返るのと、御簾《みす》の中から「あれっ」という小さな叫び声が聞こえたのは、同時だった。

「る……る……瑠璃さん……！」

高彬は腰刀をとり落とし、つっ立ったまま呆然《ぼうぜん》と呟《つぶや》いた。

眼を大きく見開き、口をぽかんと開けている様《さま》は、まるで子供そのものの馬鹿面《ばかづら》である。

ふん。

うまく騙《だま》したと思っていた女が現れて、さぞ驚いただろう。

「瑠璃さん……あなた……どうして、ここに……こんな……」

「高彬、あんたの正体見たりよ。よくもふたまたにかけてくれたわね。あたしの恨《うら》み、思い知るがいいわ！　生霊《いきりょう》になって、子々孫々《ししそんそん》、あんたにとっついてやるわよっ！」

あたしは懐剣を鞘《さや》から抜き、自分の髪を片手で摑《つか》んで前に引きよせ、切りかかった。

「な、なにするんだ、瑠璃さん!!」

高彬がすす早くあたしにとびかかり、すごい力で手首を摑《つか》んだ。

「離しなさいよっっ。尼《あま》になってやるんだ。この場で当てつけに髪切って、尼になって、山に籠《こも》って、女修験者《おんなしゆげんじや》になって、あんたを呪《のろ》い殺してやるんだからっっ」

「馬鹿！」

高彬はあたしの手から剣を取り上げ、あたしを床《ゆか》に組み敷いた。

あたしは高彬に摑まれた手首が痛いやら、悔しいやらで、わっと泣き伏《ふ》した。

高彬ははあはあと息を弾《はず》ませながら、

「変わり者だとは承知してたけど、こんな突拍子《とっぴょうし》もないことをする人とは、さすがに思わなかったよ。いったい、どうやって邸内に入り込んだものか……。二の姫君に失礼だと思わないの？」

「何を気取ってるのよっ。あたしを裏切っといて、よくもそんな口がきけたわね。だいたいあんたは……」

「しっ！」

高彬がす早く、あたしの口をふさいだ。

人が簀子縁《すのこえん》を渡ってくる足音がするのだ。

「今の騒ぎで、女房がこちらに来るらしい。どうしよう……！」

「——こちらに。御簾《みす》の中に、どうぞ」

ふいに柔らかな声がした。

二の姫だ！

敵の手などは借りたくないが、ここで女房に見つかっては、女盗賊《おんなとうぞく》の汚名《おめい》はまぬがれない。

あたしは高彬に押しやられ、二の姫の御簾の中に転がり込んだ。

格子の向こうで、年とった乳母《めのと》らしき女の声がした。

「姫さま、何やら、物音がしましたが、何かございましたか」

「ねずみが出たので、恐ろしくなって、思わず脇息《きょうそく》を倒し、叫び声をあげてしまったのです。もう大丈夫よ。お退《さ》がり」

二の姫は、いと優雅《ゆうが》に言った。

これぞ貴族の姫君の決定版、という感じ。

ふと見ると、その輪郭《りんかく》のよい顔といい、桜の花びらのような肌《はだ》といい、くっきりと描いた三日月眉《みかづきまゆ》といい、豊かな黒髪といい、物語に出てくる深窓《しんそう》の姫君はこうもあろうかという美しさである。

これでは戦いようがない。

高彬がこちらに靡《なび》いたのも、もっともだ。

嫉妬《しっと》と諦《あきら》めの入りまじった複雑な思いで、二の姫に見惚《みほ》れていると、姫はぽっと顔を赤らめ、扇《おうぎ》で優雅に口元を隠して笑った。

「そんなにご覧《らん》にならないで。あまり突然のことで、少しどきどきして、のぼせておりますの。こんなふうにお会いできるとは、思ってませんでしたから」

「大納言家の鄙《ひな》つ女《め》の変わり者ですから、驚きましたでしょ」

あたしはようやく常識をとり戻し、耳の先までまっ赤になって、口ごもった。

「鄙つ女？　何のことですの？　それは驚きましたけど、でも衛門佐《えもんのすけ》高彬さまの意中の姫君とお会いできて、嬉《うれ》しゅうございますわ」

皮肉にしては上出来じゃないかとは思うけれど、それにしては、二の姫はにこやかに微笑《ほほえ》んで、裏心《うらごころ》などないように見える。

一方の高彬は、御簾の中であたしたちがゴソゴソ話しているのが、気になるらしく、

「瑠璃さん、早く出ておいで。そして一刻も早く、お邸《やしき》から出るんだ」

とおろおろしている。

二の姫は笑いながら、

「いいじゃありませんの、高彬さま。せっかくのお勉強の成果を、ここで見ていただいたら？」

「勉強の成果？　何ですの、それ」

「もちろん、瑠璃さまにお贈りする恋歌《こいうた》のお勉強ですわ。右大臣家の大尼君さまには、生前、何くれとなくお世話いただき、文《ふみ》など取りかわし、そのお優しさには深く感じ入り、本当のお祖母《ばあ》さまのように慕《した》っておりましたから、お亡《な》くなりになった時はとても悲しくて、同じ孫同士のつもりで、高彬さまにおくやみのお歌を差し上げましたの。そうしたら、お返書に、歌の

つくり方を教えてくれと書いてあって、驚きましたわ。恋人が気むずかしやで、良い歌ができないうちは、つむじを曲げて結婚してくれそうにない、期間はかっきり五カ月しかないなどと、殿方《とのがた》にしては珍しく率直に、お打ち明けくださって……」

「歌のつくり方……」

あたしは何が何だかわからず、ぼんやりと御簾《みす》ごしに高彬を眺《なが》めた。

高彬は、あたしたちの話している内容を察したらしく、そっぽを向いて黙り込んでいる。

「一日一首、必ずお歌を詠《よ》むようにと宿題を出したのですけれど、まめに詠まれて、わたくしに送ってらっしゃいましたのよ。それを添削《てんさく》するのが、楽しくって。少し先生の気分を味わいましたわ」

二の姫はそう言って、ほほと笑った。

7

信じられない話の展開に、あたしはしばらく、気が抜けたように座りこけていた。高彬《たかあきら》は、二の姫に歌のご指導を仰《あお》いでいたのか……。

そりゃあ当代一、二の歌才を謳《うた》われる方ではあるけれど、よりにもよって因縁《いんねん》深い二の姫に頼まなくても、都には歌の先生がごまんといるじゃないの。

そうすれば、変な誤解もしなかったのに。

「そういう年とった歌人は、技巧ばかりが上達して、真情がないんだよ。やっぱり、年の近い方に指導をお頼みした方が、いいと思って……」

ともかく一刻も早く邸《やしき》から出るのが大事と、高彬が帰り仕度を始め、宮家《みやけ》の人々がその応対に大わらわになっている隙《すき》をついて、あたしが一足先に邸外に出、やがて高彬を乗せて門から出てきた網代車《あじろぐるま》に同乗させてもらってあれこれ問いつめると、ようやく高彬はぽつりぽつりと白状し始めた。

「気丈《きじよう》な瑠璃《るり》さんが、歌ももらってない手紙ももらってないと、悔しそうに涙ぐんで言うからには、よほど欲しいんだろうしね。そういう女の人の気持ちも考えず、結婚を急いだのはまずかったと考え直して、ちゃんと世間一般の手順をふもうとしたんだ。だけど、歌才には自信がないし、後朝《きぬぎぬ》の歌の問題もある。やっぱり即興でひとつやふたつ、歌をつくる実力を養っとかないと、いつ何時《なんどき》、寝間《ねま》で妻に枕を投げつけられるか、わからないからね。そう思っていたら、二の姫からおくやみの歌がきて、十六歳とは思えぬ見事な歌ぶりだったから、服喪中《ふくも》だったけど、無理を言ってご指導いただいたんだ」

「大尼君《おおあまぎみ》の遺言《ゆいごん》の話は、どうなのよ」

「何だい、それ。お祖母《ばあ》さまには御遺言を残す間もなく、お亡くなりになったんだよ。今日、御遺品を届けるという名目でお訪ねしたんだけど、それも嘘《うそ》っぱちさ。手紙で添削《てんさく》されただけじゃ、よくわからないところがあるから、直接会ってお教えいただこうと、苦心惨憺《くしんさんたん》して口実を考えたぐらいなんだから」

「んまあ……」

いろいろ苦労したのねー。

それもこれも、あたしのためだと思えば、心が和《なご》むわ。

高彬は大仰《おおぎょう》にため息をついた。

「ぼくの苦労もわかってほしいね。二の姫にも、そんなにまでして思い込まれる姫君は、さぞすばらしい方でしょうなんて言われて、なんとか言いつくろっていたのに、生霊《いきりょう》さながらに邸《てい》内《ない》に現れて、懐剣《かいけん》をふりかざして騒ぐなんて、ぼくの立場がないじゃないか。あの時は、ほんとに生霊かと思って、身の毛がよだったよ」

あたしはぷっと吹き出し、

「あの時のあんたの間抜《まぬ》け面《づら》ったら、なかったわね。あははは……は」

と気分よく笑ったが、高彬に睨《にら》みつけられて、口をつぐんだ。

「まあね。ぼくも意地になって、歌がうまくなるまでは、瑠璃さんに手紙を書かないつもりだったから、瑠璃さんもいろいろと噂《うわさ》を聞くばかりで、事情がまるでわからず、不安だったんだろうけど……。ともかく、あと三カ月ばかりはおとなしくしていてくれ。毎回、生霊さながらにあちこち出没《しゅつぼつ》されたんじゃ、おちおち歌も習ってられないよ」

高彬に厳《きび》しく言われ、あたしは狭い車のなかで、いよいよ小さくなった。

なにもさ、そんなふうにさ、叱りとばさなくったってさ、いいじゃないの……。

あんたのことが心配で、いてもたってもいられなかった新妻の気持ちを、わかってもらいたいもんだわ。

車は、三条《さんじょう》あたりの、わが大納言《だいなごん》邸に近付いていた。

「大納言さまにばれないように、ちゃんと邸内に入れるかい」

「それは大丈夫よ、いつもやってるもの。とても楽しかったわ。時々、こうやって夜のドライブしましょうよ」

気をとりなおして元気に言うと、高彬はやれやれというように首をすくめて笑い、その笑顔がだんだん近付いてきた、と思うまもなく、唇と唇が触れた。

まるで物語みたいだわ、これが下々《しもじも》の者たちが言う、恋のイロハの〝イ〟じゃないかしらと思うと、ぼうっとなり、あたしはうっとりと高彬を見上げた。

「ねえねえ、歌の勉強してたんでしょう。ここでひとつ、後朝《きぬぎぬ》の歌みたいの、つくってよ」

「え、ここで⁉　即興でつくれって……？」

高彬はぎょっとしたように息をのみ、俯《うつむ》いていたが、やがて自信のなさそうな声で、
筒井筒《つつゐづつ》　契《ちぎ》りのかなふ今日なれば

媾《あ》ひ見し後は　絶えて惜しまん

〝幼いころからの思いがかなう今日、一夜を共にした後は、たとえ死んでも悔いはない〟

と口ずさんだ。

もっとロマンチックで、もっと美しい歌を期待していたあたしは、がっくりと肩をおとした。

『契《ちぎ》りのかなふ今日』だの『媾《あ》ひ見し後』だのと、やたら直接的で、ムードのムの字もないじゃないの。

まあ、いいけれどね。『絶えて惜しまん』のあたりは、男性的といえば、いえなくもないし……。

だけど、正直な話、ドヘタ、よ。

初めての接吻もどこかに消え去った思いで、

「あんた、これからも二の姫に、いろいろ教えていただきなさいね。理想の後朝《きぬぎぬ》の歌には、ほど遠いわよ。あたしの気に入る歌ができる日まで、『契りのかなふ今日』は来ないんだから」

と重々しく言うと、高彬は疲れたように眼をつむり、扇《おうぎ》で顔を隠して、ため息をついた。

初めての夜よ　もう一度　の巻

1

うっふっふっふ。

ふっふっふっふっふ。

うふっ、うふうふ……。

けけ、けけ、えっへへー。

へっへっへ……ふふ……。

「瑠璃《るり》さま、気味の悪い笑い声はやめてください」

火桶《ひおけ》に炭をつぎ足《た》していた小萩《こはぎ》が、咳払《せきばら》いした。

「年ごろの姫君の笑い方ではありませんわ、お下品な」

「いいじゃないの、笑い声ぐらい。これからのことを考えると、つい気が昂《たか》ぶってくるんだもん」

「いよいよ今夜、ですわね」

小萩はイミあり気《げ》に、にんまりと笑った。

あたしはわれ知らず赤くなってしまって、言い返せなくなっちゃった。

やな女房《にょうぼう》よね、仕えている姫君をからかうなんてさ。

だけど、まあ、今日くらいは大目にみてあげよう。つまらない口喧嘩《くちげんか》はしたくない。

なんたって今日は、というか今夜は、いよいよ初夜、だもんねえ。ふっふっふ。

べ、別に、誤解しないでもらいたいけれど、あたしは今夜を待ち望んでいるわけではないのよ。

清い乙女《おとめ》の身としては、いついつまでも清い身のまんま、貝合わせや物語に夢中になっていたいのよ。そうよ。少女の日々よ、永遠に、てなもんよ。

だけど、それじゃ世間は通らない。

とうさまは相変わらず、「早くケッコンしろ」と泣きつくし、求婚者の高彬《たかあきら》もいろいろ文《ふみ》をよこすしさ。

あの、文才歌才のない高彬が、兵部卿宮《ひょうぶきょうのみや》の二の姫の教えを受けて、せっせとお歌を書いてくるなんて、可愛《かわ》ゆいじゃないの。

お祖母《ばあ》さんが亡《な》くなって五カ月間というものは、喪《も》に服さなきゃならなくて、さすがに表立ってお歌や文をよこすようなことはなかった。

だけど喪があけた十月《かんなづき》から、律儀《りちぎ》にお歌をよこすようになったのだった。

へたくそな文字と歌は相変わらずだけれど、でも、こまめに文を届けてくる、その心根《こころね》が嬉《うれ》しいというもの。

女の子って、そういう些細《ささい》なことにジンとくるものなのだ。

そうやってジンときていた折も折、高彬が正月に春を詠《よ》み込んだ歌をよこした。

春立つと風に聞けども　花の香《か》を
　聞かぬ限りは　あらじとぞ思《おも》ふ

〝春がきたと噂《うわさ》には聞くけれど、まだ花が咲かず香もしない。花の香を嗅《か》ぐまでは春がきたとは思えない〟っていう、どこかで聞いたような盗作スレスレのへたくそなお歌だった。

けれど、さすがは平安朝、王朝貴族の姫君だけあって、あたしにはピンときた。

この歌には、裏のイミがあるのだ。

つまり、〝春がきたと噂には聞くが、恋しい人の返事は、まだ聞かせてもらえない。恋しい人の返事がもらえない限り、わたしは春がきたなどとは思わないことにしよう〟というのである。

へたくそな歌には変わりないけれど、こうやってイミあり気《げ》に求愛《プロポーズ》されると、あたしも女としての面子《メンツ》が立つじゃないの。

以前の『絶えて惜しまん』式の、意味はちゃんと通っているけれど、それにしてもロマンが足りないというやつより、数段、進歩しているし。

やっぱり二の姫に教えていただいて、勉強しただけのことはある、それもこれもあたしの気

を惹《ひ》くためなんだと思うと、妙《みょう》に心打たれてしまって、いつもなら返歌もせずにほっぽっておくのだけれど、この時に限って、

心ざしあらば見ゆらむ　わが宿の
花の盛りの春の宵夢《よいゆめ》

と返歌してあげた。

〝花も匂《にお》わないとあなたは言うけれど、おあいにくさま、うちの庭の花は盛りと咲いていて、夜ともなると夢のようにきれいよ。花の香もしないというのは、あなたのロマンを解さない心がけが悪いのよ〟と、ちょっとからかった歌である。

『花の盛りの春の宵夢』ってのは、歌の作法からいくと少しおかしい。立春に、花が盛りと咲くわけはないのだ。

けれど、こういうのが今、都の若い連中の間で流行しているお歌なのである。お歌にも流行があるのだ。多少は理屈に合わなくても、語感がきれいじゃない。

と思って満足していたら、高彬は、その日のうちに融《とお》にかこつけて、息せききって会いに来た。

「やっと合格点、もらえたんだね。よかったー。うん、あれは最近の歌の中では、会心《かいしん》の出来

だったからなあ」

　顔をまっ赤にして、ひとりで浮かれている。

　何が何だかわからなくて、ぼんやりしているところに、話を聞きつけたとうさまが駆け込んできて、

「やっと瑠璃も、その気になったのだな。いやー、めでたい。めでたいですぞ、高彬どのっ！」

　高彬と手を取り合って、泣き出す始末だった。

　この時になってようやく、あたしの返歌が求愛を受け入れたイミに誤解されているのに気がついた。

　単にからかい半分の歌のつもりだったけれど、よくよく裏の裏を勘《かん》ぐってみると、〝求愛の返事がもらえないと思っているようだけれど、あんたさえその気になってみれば、あたしがとっくにOKサインを出しているのがわかりそうなものじゃないの、ボケナス〟ってイミにも通じるのだ。

　自分の詠《よ》んだ歌とはいいながら、よもや、そんな裏のイミがあったとは思ってもみなくて呆《ぼう》然《ぜん》としているあたしの前で、

「『花の盛りの春の宵夢《よいゆめ》』などとは、わが娘ながら、みあげたナゾかけだぞ。春の夜の夢をふたりで見ようという、女人《にょにん》らしい色っぽさのにじんだ呼びかけではないか。まさしく、おまえ

は花の盛り、新年を迎えて十七歳になってしまって、あと一歩で盛りも過ぎようという瀬戸際《せとぎわ》におるのだ。それに気がついて、こうして結婚を決心してくれたとは、父として感無量《かんむりょう》ですぞ」

とうさまは狂喜乱舞《きょうきらんぶ》するし、高彬までがポウッと頬《ほお》を赤らめて、

「宮中《きゅうちゅう》で宿直《とのい》してるところに、この文《ふみ》が届いてさ。同僚に、色っぽいなァ、瑠璃姫は変人という噂《うわさ》も聞くが、このような歌を詠みかけて誘うとは、なかなかの感覚《センス》、年上の女性ってのもいいもんだとからかわれちゃって」

と浮き浮きしている。

そんなふたりを見ていると、今さら「あれは筆のすべり、流行にのっかって詠んだ軽い歌でした」とも、言えなくなってさあ。困っちゃったわよ。

それに、高彬の同僚が、「色っぽいな、年上の女性もいいな」と言っていたと聞かされると、そうだろうそうだろうって気にもなっちゃった。

どうせ、いずれは高彬と結婚するんだし、となれば未来の夫の同僚に好感をもたれ、高彬もすっかりその気になっている今が、ねらい目なんじゃないかしら。

独身主義だった昔ならいざしらず、結婚する気になってる今では、当年とって十七歳というのも、正直な話、ひっかかってはいたのだった。

なんたって、現代の女性の結婚適齢期って十五、六歳。

それやこれやの思惑《おもわく》が入り乱れて、あたしは一気に決心した。

高彬やとうさまの誤解にのっかって、ＯＫしたことにしておこう。よーし、結婚するぞぉぉおおお！

かくして、例によって陰陽道《おんようどう》やら何やらで吉日《きちじつ》が選ばれ、それが今日、というか今夜なのであった。

今日は朝から屋敷じゅうが浮き足だって、誰も彼もソワソワしていた。

とうさまは用事もないのに何度も顔出しするし、母上も調度品で足りないものはないかどうか、確かめにやってきたりした。

あたしひとりが落ちついている……はずなんだけど、どうも頰《ほ》っぺたの肉がゆるんでしまうなあ。

そ、そりゃあ、少女の日々に永遠の別れを告げるのは哀《かな》しいけれど、なんといっても新たに広がる人妻の日々！　よ。

ふっふっふ。

人妻って、いい響きねえ。なんだか色っぽいではないの。

都じゅうのベストセラー、『伊勢物語《いせものがたり》』も『源氏物語《げんじものがたり》』も、女主人公《ヒロイン》の多くは人妻よ。

あたしも、いよいよ人妻だあ！

「瑠璃さま、浮かれるのもよいですけど、段取りはちゃんと覚えたでしょうね」

小萩は年上の女房らしく、押さえるべきところをきちっと押さえて言う。今日、この屋敷内で一番落ちついているのは、この小萩かもしれない。

「大丈夫よ。亥《い》の刻《こく》（午後十時）ごろに、高彬がそっと忍んでくる。家の者は気付かないふりをしてる。あたしたちはいろいろあって一夜を契《ちぎ》って、高彬は明け方にソッと帰る。家の者は相変わらず、知らんぷりしてる。これが三夜続いて、ついに露顕《ところあらわし》（結婚披露宴《ひろうえん》）となるんでしょ。だけど、なんか、かったるいわよね。家の者みんなが気付いてんのに、知らんぷりしてるなんてさ」

「それが、貴族社会の決まりごとですからね」

小萩は悟《さと》ったようなことを言って、几帳《きちょう》を立てかけたり灯台の芯《しん》を切ったりと、高彬を迎える準備に余念がない。

時はもう、亥の刻に近いはずだ。

屋敷じゅうはしんと静まりかえって、不気味なほどである。

すっかり心を決めているせいか、今までみたいにグズグズ文句を言う気も起きない。

来るなら来い、受けて立ったる、って気持ちよ。

とはいえ、この待つ身の辛《つら》さって何とかならないのかね。

わざとらしく絵巻物を見るのもバカらしいし、かといっておやつを食べながら待つというのも、来たるべきアレにそなえて体力をつけておくって感じで、いただけない。

あー、ドキドキするなー。

と、格子《こうし》をほとほとと叩く音がした。

来た！

高彬だ。

待ち疲れてボーッとしているあたしと違って、さすがきびきびした小萩は、す早く戸を開けに行った。

ほどなくして、高彬がのそっと入って来た。

気のせいか、妙《みよう》に凜々《りり》しく見えたり、する。

殿方《とのがた》も、十五歳と十六歳じゃ格段に違うのかしら。今日は、いつもほど子供っぽく見えない。

高彬はあたしの前に腰を降ろして、ぺこんと頭を下げた。

御簾《みす》越しとはいえ、顔がまっ赤なのがよくわかる。

それさえも、結婚すると決めた今では、可愛《かわ》ゆく見えてくるから、女心って不思議よ。

「外は雨だよ、瑠璃さん」

高彬がもそもそと呟《つぶや》いた。

「あ、ほんと」

あたしもうわの空で返事をする。

「春雨《はるさめ》だけど、それにしても冷たかった」

「ふーん。雨音は聞こえないのにね」

「細《こま》かい雨なんだ」

「あ、そう」

しばらく会話が跡切《とぎ》れた。

高彬がコンコンと咳《せき》をする。

「あんた、風邪《かぜ》ひいたの」

「そんなことない、と思うけど……、ちょっと雨に濡《ぬ》れたかな」

「汁物《しるもの》、持って来させようか。体があったまるわよ」

「……」

高彬は黙り込んでしまった。

遠慮《えんりょ》しているのかしらと思っていると、小萩がそろそろと近付いてきて、

「瑠璃さま、ピクニックに行ってるんじゃないんですからね。そう色気のないことばかり言ってないで、もう少し雰囲気《ムード》を出して、話が自然とアチラに行くように持ってってくださいまし。年上の女性のつとめですわよ」

と耳打ちした。

「せっかく、高彬さまが春雨《はるさめ》のことなど話題にして、雰囲気《ムード》づくりをしてらっしゃるっていう

のに」

あら。

そうだったの。これ、雰囲気づくりの話題だったのか。

それならそれらしく、もっと盛り上げて言ってくれればいいのに、突然、「雨が降ってる」とボソッと言われたって、こっちも対拠のしようがないじゃないの。

ともかく、無粋《ぶすい》な高彬にしては珍しく、気を遣《つか》っているらしい。

こっちもそれなりに応《こた》えてやらなきゃ。

「お風邪《かぜ》なんてひかないでね、高彬。寝込んでしまっても、気軽に看病《かんびょう》もできないし、いろいろ心配ばかりして、あたしの方が病気になってしまうわ」

「そ、そうなったら、ぼくが看病してあげるよ、瑠璃さん」

高彬がせきこんで、言う。

「あら、高彬は若い公達《きんだち》の中では出世頭《がしら》、妻のことばかりにかまけてるわけにはいかないわ。いいのよ、瑠璃は今から覚悟してるの。高彬がどんどん出世すれば、それにつれて瑠璃のことなんかどうでもよくなるんだろうって」

「そんなことないよ、瑠璃さん。いくら位《くらい》を極めても、ともに喜んでくれる人がいなくちゃ虚《むな》しいよ」

高彬は熱心に言う。

可愛《かわ》ゆいこと言ってくれるじゃない、ふふふ。

ちらりと小萩を見ると、Vサインを出してそろそろと部屋から出て行くところだった。

のってきたぞ、雰囲気《ムード》が出てきた。

小萩がいなくなるのを見届けてから、あたしは思い切って言った。

「そっち、寒くない？　こっちの方が暖かいのよ。来ない？」

「う、うん」

高彬はまっ赤になりながらも、そこはソレが目的でやってきたんだから、しっかり頷《うなず》いた。

御簾《みす》を片手で巻き上げて、のそのそと牛の子みたいに入って来る。

見慣れたはずの高彬の顔がどーんと真近になって、あたしはどぎまぎした。

御簾越しで見るのと、こうやって真正面から見合うのでは、やっぱり迫力が違う。

「えーと、あのさ……」

高彬が俯《うつむ》きながら、言った。

「はっきりさせときたいんだけど」

「なによ」

「結婚の日取りとか、時間とか、大納言《だいなごん》さまとぼくの親同士で勝手に決めちゃったけど、瑠璃さんはちゃんと納得してるの」

それが気になっていたらしく、顔を上げて、じっとあたしを見る。

この土壇場《どたんば》に来て、こういうことを律儀《りちぎ》に確認するところが子供なのよね。

そりゃあ、とうさまが、

「あのわがままな瑠璃のこと、はっきり決めておかないと、いざその時になって、やーめた、気が変わったなどと言い出すやもしれぬ。この際、段取りをきちっと決めて、外堀《そとぼり》を埋《う》めた方がよろしい」

と言い出して、あれよあれよって間に決まっちゃったけれど、抵抗しなかったのは納得しているってことじゃないの。

「なんで、そんなこと聞くのよ」

「いや、その、まだ心準備ができてないとか調度品が揃《そろ》ってないとかって泣き出されて、また、おあずけ食うのは、その、困るし。ぼっ、ぼくもオトコだから、ここぞってところでかわされると、そのう……いろいろ……」

これだもんね。

男なら、四《し》の五《ご》の言わせず、どーんと行動に出ちゃえばいいのに、この押しの弱さはなんなんだ。

こういうこと言われちゃうと、あたしとしても、「あれー、いけませんわ」とか「やめてェ」とか言って、カッコだけでも抵抗してみせるってのができなくなるじゃないの。

あたしはため息をついた。

「今回は、そういう心配はいらないの。おあずけは無し、よ」

「ほんと？」

「ほんとほんと。どーんと安心してなさい」

幼稚園の保母さんだな、これじゃ。

ロマンも雰囲気《ムード》もあったもんじゃないけれど、高彬も嬉《うれ》しそうな顔しているし、ま、いいか。

あたしたちって結局、姉《あね》さん妻とコドモ夫という関係なのね。

高彬はおずおずと手を伸ばしてきて、あたしの手に触れた。

その手が、飛びあがるくらい冷たい。

「冷たいのね」

「き、緊張してるから」

あたしは両手で高彬の手を包んで、口元にもっていって、ふーふーと息を吹きかけてあげた。

目が合って、思わずにっこりと笑い合った。

んー、盛り上がってきたぞーっっ！

「瑠璃さん」

「高彬、頑張《がんば》るのよ」

何を頑張るのかよくわからんけれど、心細そうな高彬の顔を見ていたら、つい言っちゃった。

だけど高彬は笑いもせず、真面目《まじめ》に頷《うなず》いて、と思ったら、どんどん顔が近付いてきて、あららと思っているうちに横倒しになってしまった。

横倒しになった拍子《ひょうし》に、頭が脇息《きょうそく》の角にぶつかった。痛かったけれど、ここで「痛い」なんて言ったら雰囲気《ムード》ぶちこわしだから、じっと耐える。女もイロイロ大変なのだ。

小袿《こうちぎ》に高彬の手がかかった。

腰紐《こしひも》がどこにあるのかわからなくて、困っているみたいだ。

教えるわけにもいかないし、あせってしまう。

もぞもぞやっているうちに、ようやく、紐に手が触れた。

いよいよだぞー、そこだ、えいっとほどいちゃえ、高彬！

「瑠璃さん」

「高彬、あわてなくていいからね」

雰囲気はまさに最高潮、あたしも高彬もしっかりソノ気で、ふたり一緒に、ごくりと息をのんだ。と、その時、

「あれーっっ!! どっどっ、どなたか、お出会い遊ばしてっっ!!」

突如として、御簾《みす》も揺らぐほどの悲鳴が響き渡ったのである。

と同時に、にわかに寝殿《しんでん》の方が騒がしくなった。

あたしと、あたしにかぶさっている形の高彬は、あっけにとられて顔を見合わせた。

「今の、悲鳴……」

「あ、あたしじゃないわよ」

すっかり覚悟を決めて高彬をはげましている最中に、なんで悲鳴をあげなきゃならないの。

「お互い、緊張してたんで、そら耳ってことも……」

と言いかけたけれど、寝殿の方はますます騒がしくなっている。とても、そら耳では片付けられない。

何事かが起こったのは、確からしい。

だけど、せっかくふたりが一致団結して盛りあがってるって時に……。

「母上が悪い夢でもご覧《らん》になって、それで……」

「そうかもしれないけど……」

「誰も呼びに来ないしさ、この際、こっちはこっちで」

「う、ん」

と言いつつ、気が散ってしまって、とてもじゃないけれど、続きをやる気分じゃない。

高彬は諦《あきら》めたように、むっくりと起きあがった。

「何があったか確かめよう。その後で、また……」

「そ、そうね」

あたしも体を起こして、胸元を整え、紐《ひも》を結び直した。

お互い、ベテランじゃないから、こういう邪魔《じゃま》が入ってもコトをし遂《と》げるってことができないのだ。

高彬が衣服を整えていると、人がやって来る気配がした。

どうも、部屋の外から、あたしたちの様子を窺《うかが》っているみたいだ。

「小萩なの？　あたしたち、ちゃんと起きてるわよ」

ブスッとして言うと、戸が開いて、案《あん》の定《じょう》、小萩が現れた。

「申し訳ございません。大切な時とはわかっているのですが、母屋《おもや》の方で一大事が起こりまして、おふたりが気付かれてないのならよし、もしお気付きになって心配しているようなら、事情をお話しして、ご安心なさるようにとお殿《との》さまが……」

「あの悲鳴で、何も気付かないはずないでしょ。何があったのよ」

「はあ、それが……」

小萩は言いよどんだ。

この時になって、小萩がひどく青ざめているのに気がついた。

ただ事ではないらしい。

「どうしたのよ」

「融さまが、たった今、お帰り遊ばされて……」

「融が？　帰って来たというと、これまで家にいなかったの？　どこ行ってたのよ、こんな時刻に」

「さあ」

小萩が首を傾《かし》げるのを、高彬がひきとって、

「融もぼくと同い年の十六歳、いろいろ夜歩きしても不思議はないよ、瑠璃さん」

いやに理解のあるところを見せる。

ということは、あのバカ弟、姉の結婚初夜のその夜、よりにもよって女のところに通っていたというのかしら。あの、オクテの融が？

「信じられないわよ、そんなの」

「まあ、それはどうでもいいや。でも、融が帰って来たぐらいで、大納言《だいなごん》家の教養ある女房《にようぼう》が、ああいう悲鳴をあげるとは思えない。何かあったんだろう」

「ご明察《めいさつ》ですわ、高彬さま。融さまは大怪我《おおけが》をなさっていらして、血を見た女房が思わず、叫んでしまったのです」

「ふん、どうせ牛車《ぎつしや》から軽がり落ちて、頭でも打ったんでしょ」

「とんでもありません、瑠璃さま。融さまのお怪我は太刀傷《たちきず》でして……」

「太刀傷!?」

あたしと高彬は、思わず立ち上がった。

太刀傷《たちきず》といえば、誰かに斬《き》られた傷、牛車《ぎっしゃ》から落ちたの転んだのという問題ではないじゃないの。

「そ、それで、傷の具合は!?」

「ただいま、お医師《いし》をお呼びし、薬師術師《くすしじゅつし》の手配もしたところでございます」

小萩が言い終わらないうちに、高彬はすす早く部屋を出て行った。

なんといっても、高彬と融は幼なじみ、太刀傷と聞いては黙っていられないだろう。

あたしもあわてて、後を追った。

融の部屋は明々《あかあか》と灯りがともされ、女房らがあわただしく出たり入ったりしている。

あたしが入って行くと、とうさまが気弱そうに振り返り、

「瑠璃まで来たのか。すまぬな。大切な夜に、こういう騒ぎになって……」

そう言って、あたしを引き寄せ、

「で、どうだったんだ。コトは終わった後か？　それとも、まだ……」

と心配そうに聞く。

「まだに決まってるでしょ。こんな騒ぎの中、どうやれっていうのよ」

「そ、うか。そうだな。しかし、せっかくの機会《チャンス》なのに、惜《お》しいことを……」

とブツブツ言っている。

それは、あたしのセリフよ。

見れば、融は瀕死《ひんし》の重傷というのでもなく、ちゃんと目をあけてピンシャンしている。腕に布を巻いているところを見ると、腕を斬られたものらしい。

姉が一世一代の決心をして、人妻になろうって瞬間に、わざわざ腕を斬られて帰ることもないだろう、このボケ弟がっ！

「融、命に別状はないんでしょ」

「あっちゃ困るよ。だけど、斬りつけられた瞬間、火箸《ひばし》を押しつけられたみたいで、熱くて、痛くて……」

女房らに手当てされながら、融は半ベソをかいている。

融付きの女房らも、仕えている主人の身を案じるあまり、こぞって泣き伏《ふ》している。

まったく、臆病《おくびょう》というか肝《きも》が据《す》わっていないというか、だから腕の斬り傷ぐらいで、びーびー悲鳴をあげるのよ。

「ともかく、命に別状ないんだし、そんな傷ぐらい、なめときゃ治るわ。人騒がせな子ね。さ、高彬、事情もわかったんだし、これで……」

暗に部屋に戻ろうと促《うなが》したのだけれど、高彬は厳《きび》しい顔つきで融の腕をじっと見ていた。

これまで、あたしが見たこともないような、冷静で、大人びた顔だった。

「夜盗《やとう》のたぐいだろうな。それにしても、都の真ん中で、貴族に斬《き》りつけるとは大胆《だいたん》不敵だ。どのあたりで、やられたんだ」

「六条《ろくじょう》あたりで……」

　高彬はすっくと立ち上がった。

「六条か」

「すいませんが、車の用意を。靫負庁《ゆげいちょう》に参る」

「ま、参るって、高彬、どうすんのよ」

「都の治安を守るのが衛門府《えもんふ》の役目だ。夜盗がいるとなると、衛門督《えもんのかみ》どのにご報告しなくては。ぼくの仕事なんだよ、瑠璃さん」

「だ、って、そんなの、使いの者に……」

「ぼくの上司に報告するのに、使いの者ですませるってわけにはいかない。こう見えても、ぼくは左衛門佐《さえもんのすけ》という官職なんだからね」

「だけどさぁ」

「それに、京中を取り締まる検非違使《けびいし》の次官《すけ》も兼ねてる。これから、京中の見回りってことになれば、ぼくが出動しなきゃいけないんだ。悪いけど」

　そう言って、ふいに何を思ったか、直衣《のうし》を脱ぎ始めた。

　直衣の下には、紅《くれない》の単衣《ひとえ》を着ている。

　それも脱いで、あっけにとられているあたしに優しく手渡した。

「あのう、コトはなかったけど、気持ちはもう夫婦だから、これ……」

初夜を契《ちぎ》った朝、お互いの衣《きぬ》を交換するというのは、万葉の昔からの古い慣《なら》わしなのである。

あたしは感動してしまって、思わず知らず、単衣を抱きしめた。

「やっぱり、このまま行っちゃうの」

「うん、お役目だから」

高彬は手早く直衣を着直して、車の用意ができたという声に誘われるように、部屋を出て行った。

「送らなくていいよ。融についていってあげて」

部屋を出しなに、そう言い置く心遣《こころづか》いがまた、にくい。

思わぬ新郎の凜々《りり》しさに、ちょっぴり惚《ほ》れ直す思いだった。

「なんというご立派さでしょう」

女房らが囁《ささや》き合うのも気持ちがよくて、つい、にんまりしてしまう。

なんかさー、いい殿方《とのがた》を摑《つか》まえたなー。われながら、でかした！

と思うにつけても、コトが成就《じょうじゅ》しなかったのが悔まれる。

もし、これがきっかけで夜盗撲滅《ぼくめつ》大キャンペーンかなんかになったら、わが夫は当分、仕事で京中を駆け回らなきゃならないのだ。

あたしもソノ気になり、高彬もソノ気になって、ようやく盛り上がった初夜を迎えるという時に、なんなのーっ。

ふと見ると、融は感動的なあたしたちの別れなどそっちのけで、びーびー泣いている。

こいつのせいで、大切な初夜が流れたのだと思うと、姉弟愛などどこかに吹っ飛び、

「いつまで泣いてんのよ、フヌケがっっ」

思いっきり、融の頭を小突《こづ》いてやった。

2

予感は的中した。

まがりなりにも大納言《だいなごん》家の子息が斬《き》られたというので、宮廷《きゅうてい》としても放っておくことができず、京中の見回りが強化されたのである。

当然、左衛門佐《さえもんのすけ》という役目柄、高彬《たかあきら》は忙しくなった。

出世頭《がしら》だけあって、実家の右大臣《うだいじん》家も、ここぞと息子を活躍させたがって、

「瑠璃姫《るりひめ》とのことは、事実上、結婚したも同じこと、今はお役目大事と割り切って、仕事を第一にしなさい」

と言っているという。

あたし以上に、結婚を急いでいたとうさまも、それには理解を示して、

「融《とおる》が斬られたと知ってすぐ、夜を縫《ぬ》って役所に駆けつけたというので、衛門督《えもんのかみ》も高彬どのの判断のす早さをほめておったぞ。なにかと世情《せじょう》の騒がしき折、都《みやこ》も物騒《ぶっそう》になっておるからな。高彬どののような若い者に先頭に立って、京を守っていただかなくては」

と満足気《げ》に言う。

屋敷に籠《こも》っているあたしたち、おんな子供にはよくわからないことだけれど、今の帝《みかど》はずいぶん前から御病気で、それかあらぬか、都はいろいろと物騒になっているらしいのだった。

人心が浮き立ち、それにつけ込む盗賊《とうぞく》のたぐいが出回るのだという。

そういう折も折、バカ融が斬られたりしたので、宮門《きゅうもん》を警固し、ひいては京中を守る衛門府《えもんふ》としては、黙っていられないということのようだった。

「それにしても、こうもぱったりと来なくなるってのは、あんまりじゃないの」

そういう事情を説明されても、新妻《にいづま》としては納得できず、あたしは不機嫌だった。

高彬は半月以上経《た》っても、一向に顔出しせず、顔出しはおろか文《ふみ》ひとつ、よこさないのだ。

「そうやって、夫の足を引っぱるものではないぞ、瑠璃」

とうさまは説教めかして言う。

「東宮《とうぐう》さまも高彬どののお働きを耳になされて、じきじきにお役目を下《くだ》されているのだからな」

東宮さまというのは、いわずとしれた皇太子、次の帝になられる方である。

「なんで、ここに東宮さままで出てくるのよ」

「高彬どのの姉君、公子姫《きみこひめ》は畏《おそ》れ多くも東宮妃《ひ》であられるではないか。そのご縁で、東宮さまは何かと高彬どのを引き立ててくださるのだ。夜盗《やとう》が徘徊《はいかい》しているらしいと聞いて、東宮妃もたいそう怯《おび》えられてな。そのせいもあって、東宮ご一家がお住まいになっておられる梨壺《なしつぼ》の宿直《とのい》（泊《と》まりがけのガードマン）を仰《おお》せつけられておるのだ」

「ふーん……」

「東宮さまじきじきのお声がかりで、だぞ。もっと感激せんか、瑠璃」

「夫を番犬代わりに使われて、おかげで妻たるあたしと会えないでいるっていうのに、どこをどう感激しろというのよ」

「これだから、おんな子供というのは」

とうさまはタメ息をついた。

「東宮さまは、いずれ帝になられる御方。その御方から、ひとかたならぬ信頼を得ているとは、すばらしいではないか」

「そう簡単には割りきれないわよ。いくら出世がかかってるからって、こうも放っておかれるんじゃやたまんないもん」

とうさまはやれやれというように、首をすくめた。

だけど、首をすくめたいのはこっちよ。

女というのは、天変地異《てんぺんちい》が起ころうと、政変や革命が起ころうと、何はともあれ恋人に自分のことを考えてもらいたいものなんだから。

いくら夫が出世したって、妻のことを忘れてるんじゃ自慢にもならない。

まして、あたしたちは、今まさに初夜を迎えんとしていた最中なのよ。

自分でも、多少気むずかし屋だと認めているあたしがしっかり覚悟を固めて、恥ずかしがり屋の高彬も意を決して、ふたりで団結してコトに臨《のぞ》んでいたというのに、なんでそれが、こうやっておあずけを食わなきゃならないの。

それもこれも、あのフヌケ弟の融が夜中に出歩いて、怪我《けが》して帰ってくるからじゃないの。どうせ盗賊《とうぞく》に斬《き》りつけられるにしても、時機と場所と場合を考えろというのよ、馬鹿者めが。

「瑠璃さま、いいお知らせですわ」

そんなある日、小萩《こはぎ》がいそいそと部屋に駆け込んできた。

「高彬さまがいらっしゃっています」

「え、ほんと!?」

「融さまを見舞ってらっしゃいます。じき、こちらにお渡《わた》りですわ」

あたしは飛びあがって、鏡台の前ににじり寄った。

髪はきれいになっているな。肌の滑りも、よろしい。ふむふむ。

なんといっても半月ぶりの対面、今夜こそアレの続きをするんだから、いい顔でお迎えしなくっちゃ。

と思ったのも束《つか》の間《ま》、しばらくしてやって来た高彬の顔を見るなり、嫌《いや》な予感がした。

高彬はうち沈んでいて、表情も冴《さ》えないのだった。

とてもじゃないけれど、恋しさに耐えかねて半月ぶりに新妻《にいづま》を訪れる夫、という感じではない。

「どうしたのよ、高彬。むっつりしちゃって」

「まいったよ、瑠璃さん」

高彬は情けなさそうな声を出した。

「融ときたら、何も話してくれないんだ」

「話すって？」

「どうして六条《ろくじょう》のあたりをうろついていたのか、斬《き》りつけられたのはどこか、どんな人相の男だったのか、何を聞いてもわからないの一点張りなんだよ。春のおぼろ夜《よ》に誘われて、そぞろ歩きに出ただけで、斬られた正確な場所も覚えてないし、どんな顔だったか見るひまもなかったと言うんだ」

「あの子がそう言うんなら、そうなんでしょ。もともとウス呆《ぼ》けてて、ふらふら散歩しかねない子よ」

「そんなはずはないよ。融は絶対、隠してるんだ」

高彬は気色《けしき》ばんで、力強く言う。

わかんないな。

融が隠していようと隠していまいと、どうでもいいように思うけれど。夜盗《やとう》に斬られて怪我《けが》したのはあの子自身だし、誰にも迷惑かけてないんだもん。あたしと高彬には、イロイロ迷惑かけているけれど。

「そんな単純な問題じゃないんだ、瑠璃さん。正直なところ、ぼくは一日も早く、瑠璃さんと結……そのう……一緒になりたいよ」

高彬は切実に言い、この時ばかりはあたしも身を乗り出して同意した。

「その通りよ、高彬。だけど、あたしたちが結婚をやり直すのと、融と、どういう関係があるの」

「大ありだよ。融の証言しだいでは、盗賊《とうぞく》一味をひっ捕まえられるじゃないか。犯人と出会った場所、相手の人相、そういったところから、犯人割り出しをすればいいんだ。ぼくは東宮のご命令で、今回の犯人が捕まらない限り、ずっと御所詰《ごしょづ》めなんだよ」

「御所詰め……」

「そうさ。東宮がお住まいになってる梨壺《なしつぼ》の警備責任者に命じられちゃってさ。表向きは姉君であられる梨壺女御《なしつぼのにょうご》が、物騒《ぶっそう》な世情にすっかり怯えられてるってことになってるけど、ほんとうのところ、怯えてられるのは東宮御自身なんだ」

「東宮というと、御齢《おんとし》十九であられたっけ。大の男が、たかが夜盗《やとう》のひとりやふたり、なんでびびってんだろ。肝《きも》の細い方《かた》ね」

　あきれてブツブツ言うと、高彬はぎょっとしたように目を丸くした。

「そ、そういう言い方はお慎《つつ》しみなさい。東宮ですよ」

　説教するように言ってから、ふっと声を低めた。

「東宮は、もともとは明るくて豪気《ごうき》で、潑剌《はつらつ》とした方であられたんだが、最近はすっかり変わられてね。お部屋に閉じ籠《こも》りきりで、いつも何か考え込んでおられる」

「お父君であられる帝《みかど》の御病気のこと、心配なさってるんじゃないの？」

「それもある。だけど、譲位《じょうい》にからんで、いろいろ物思いがあられるのだろうと、われわれはご同情申しあげてるんだ」

「どういうことよ」

「まあ、いろいろ難しいことを言っても瑠璃さんにはわからないだろうけど」

　高彬は微妙に肝心なところをかわして、

「要するに、東宮が次代の帝になられるのを不満に思っている一派がいるってことさ。政治の世界ではよくあることで、驚くことでもないけど」

「ふーん」

「陰に陽に、その一派が東宮をお悩ましになる。一度、東宮の御寝所の床下から、呪《のろ》いの人形《ひとがた》が出てきたこともあるしね」

「んまあ……」

物騒な話になってきて、あたしも眉をひそめた。

宮廷内で、それだけ不気味なことが起こっているんだもの、京中も騒がしくなるはずよ。

「そんなこんなで、東宮もご不安な時に、刃傷沙汰《にんじょうざた》の夜盗騒ぎだろう。すっかり御不快《ごふかい》になられて、これはわたしを殺そうとする陰謀《いんぼう》の表れだなどとおっしゃるんだ」

うちの弟が辻《つじ》強盗に斬《き》られたのと、東宮の暗殺と、どういう関係があるというんだろう。

申しわけないけれど、東宮さま、ノイローゼなんじゃないかしら。

「たぶん、そうなんだろうな」

東宮びいきの高彬も、しぶしぶ認めた。

「ともかく、そういうわけで、夜盗が捕まるまでは安心できない、梨壺に詰《つ》めていよ、との御命令さ。かといって、ぼくや他の若い連中が梨壺に詰めていると、京中の見回りに出るのは下っぱの実権のない衛士《えじ》ばかりで、とてもじゃないけど、夜盗を捕らえるどころじゃない。これじゃ、いつまでたっても梨壺の特別警備から解放されないよ」

高彬は絶望的に頭を振った。

とすると、何か？

夜盗を捕まえない限り、当分の間、高彬は自由の身になれない。ということは、あたしとの初夜の続きも、おあずけ……。

「そんなの、困る！」

「ぼくも困るよ。せっかく……だったのに」

高彬はポッと顔を赤らめて、口ごもった。

なるほど、そうだったのか。

だから高彬は、一日も早く融を斬《き》った盗賊《とうぞく》を捕まえようと、事情聴取に来たのね。

「だけど、融はがんとして、口をひらいてはくれないし、どうしようもないよな」

「どうして、あの子、何も言わないのかしら。自分を斬った盗賊を捕まえたいと思わないのかな」

「これは、ぼくの想像だけど」

そう言って、高彬はコホンと咳払《せきばら》いして、

「融は、女性のところに通ってて、その帰りか行く途中かに、夜盗《やとう》と出っくわしたと思うんだ。だけど、その女性のことを隠しておきたいもんで、斬られた場所とか、詳《くわ》しい事情をみんな黙ってるんだよ。どこで斬られたかを言っちまったら、その辺《あた》りに住んでる女性ってことで身元がばれて、あらぬ浮き名を流すかもしれないだろ？　六条あたりで斬られたというのもウソっぱちだと、ぼくは睨《にら》んでいる」

「身元がばれて困るって、浮き名を流すって、あの子、そういう女性とつきあってるの⁉」

「いや、あくまでぼくの想像だけどさ」

高彬は困ったように、あたしに笑いかけた。

「いろいろ事情があって公表できない恋人がいて、そのために何も言わないというんじゃ仕方ないよね。無理に聞き出すのも無粋《ぶすい》だしさ」

「だけど、そうなると夜盗は？」

「出没《しゅつぼつ》した場所がわからなきゃ、捜索のしようもなくて、たぶん捕まらないだろうな。まあ、しばらくすれば東宮さまもおちつかれて、ぼくも特別警固の任から解放されると思うけど」

高彬は残念そうに言って、

「そんなわけで瑠璃さん、ぼく、しばらく来られないけど、浮気してるわけじゃないから、そこんところ誤解しないでよね」

と念を押した。

高彬は、あたしがつむじを曲げていると思って、融に事情聴取する仕事にかこつけて、ご機嫌伺《うかが》いに来たらしい。

ふふふ、そういう気遣《きづか》いをされると、あたしとしても心が和《なご》むというものよ。

「浮気してるなんて思わないから、お仕事に精出してね。東宮さまが早くあんたを解放してくれるよう、祈ってるからね」

「うん」

優しく言うと、安心したように笑って、そそくさと帰って行った。

任務のため、ゆっくり外出することもできないらしい。

可哀《かわい》そうな高彬。

もっと可哀そうな、このあたし。

それにつけても、憎いのは融よ。

そもそもはあいつが斬《き》られたせいで、あたしたちが生き別れみたくなっているんじゃないの。

なのに、斬った人間を捕まえようと苦心している高彬に協力しないなんて、どういう了見《りようけん》なのかしら。

高彬は、「公表できない恋人がいて、そのために何も言わないというんじゃ仕方ない」なんて理解のあるところを見せているけれど、そこが甘い。

あたしは高彬とは違います。

今すぐ、あの子をとっちめて、あらいざらい吐《は》かせてやる。

善は急げとばかり、融の部屋に行ってみた。

格子《こうし》の隙間《すきま》から、様子を窺《うかが》ってみる。

融はお付きの女房らも遠ざけ、ひとりでぼんやりと脇息《きようそく》に寄りかかっていた。時々、思い出したように、ため息をついている。

その物憂《ものう》げな様は、まさしく、恋わずらいそのものという風情《ふぜい》だった。

オクテの融に、隠さなきゃいけないような恋人がいるなんて、まだよく信じられないけれど、この様子じゃあり得るかもしれない。

あたしは意を決して、ずいっと部屋に入り込んだ。

「あれ、姉さん」

融は物憂く顔を上げて、

「高彬、もう帰ったの？」

「融、おまえの恋人って、どこの姫なの」

融の言葉など無視して、ズバリと切り込んでやった。

こういうことはあれこれと迂回《うかい》せず、単刀直入《たんとうちょくにゅう》に聞いた方がいいのだ。

その証拠に、融はへどもどして、ろくに返事もできないありさまである。

「あたしは高彬みたいな甘ちゃんじゃないからね。おまえに遠慮《えんりょ》したりしないわよ。さあ、何もかも吐いちゃいなさい。おまえ、女のもとに通ってたんでしょう。その途中で、夜盗《やとう》に斬りつけられたんでしょう」

「ね、姉さん……」

「はっきりお言い！　正直に言わないと、池に投げ込むわよっ」

ぴしゃりと言ってやると、融はガックリと肩を落とした。

ふん、観念したみたいね。

初夜をぶちこわされた姉の恨《うら》みを、なめんじゃないってのよ。

「その通り、です……」

融はおどおどと口ごもった。

「でも、あのう、はっきり恋人ってわけじゃ……」

「その相手のことは、今はいいわ。事が片づいたら、いろいろ聞いて、姉として判断を下したげる」

「事が片づいたらというと」

「今は夜盗《やとう》を捕まえるのが先よ。そいつが捕まらないと、あたしと高彬の結婚生活もままならないわ。どのあたりで斬《き》られたの？」

「それは、言えない」

融はきっぱりと言った。

「たとえ姉さんでも、そればっかりは言わないよ。池に投げ込まれても、ぶん殴《なぐ》られても、絶対に言わないからね、ぼく」

あたしはあっけにとられた。

つい今の今、おどおどと口ごもっていたというのに、この突然の開き直りは何なんだ。

「おまえ、誤解してるんじゃないの。なにも姉さんは、おまえの恋の邪魔《じゃま》をしようってんじゃないのよ。あたしと高彬は、ただひたすら、おまえを斬《き》った人間を捕まえたいの。その一念なんだから」

「でも、やだ」

融はガンとして譲《ゆず》らない。

「ぼくの恋する人がばれたら、身の破滅だ。この恋を隠し通すためなら、何でもするんだ。斬られた場所なんか言うもんか」

「何でもするって、おまえ……」

あたしは呆《あき》れてしまって、次の言葉がでてこない。

現代は通《かよ》い婚《こん》といって、殿方《とのがた》が女のもとに通って恋人関係をつくり、それが自然に公認されて夫婦関係になっていくというのが普通である。

あたしと高彬みたいに、最初から結婚しますとブチかまして、鳴り物入りで初夜を迎えるのは珍しい部類なのだ。

融にも、ひそかに通う恋人がいて、いずれ時機を見て公表しようと思っているとしても、不思議はない。

それにしても、この必死の隠しよう、ただごとではなかった。

この子の恋人って、そんなにやっかいな人なのかしら。身分が違いすぎるとか、よもや人妻とか……。

それにもっと驚きなのは、高彬よりオクテだとばかり思っていた融が、こうも〝恋する男〟になりきっているってことかもしれない。

思わぬ弟の一面を見せつけられて、姉としてはどう対処すればいいんだろう。

「だけどね、融。おまえはそれでいいかもしれないけど、夜盗《やとう》が捕まってくれないと高彬は自由の身になれないのよ。あたしたちの新婚生活はめちゃめちゃよ」

「そりゃあ高彬が梨壺《なしつぼ》の特別警固を命じられたのは、とんだとばっちりで気の毒だけど」

融は申し訳なさそうに顔をしかめたものの、ふっと意地悪そうな表情になって、

「だいたい高彬は幸せ者だよな。幼いころから好きだった相手と、結婚までこぎつけてさ。その相手が姉さんだっていうのは、多少、美意識を疑うけど、なにしろ幸運だよ。少しくらい姉さんと会えなくなって、辛《つら》い思いをしたっていいじゃない」

思いがけない融の言葉に、あたしはあんぐりと口をあけた。

「おまえ、おまえって子は、なんてエゴイストなのよ！」

「苦しい恋は、人をエゴイストにさせるんだ。ひとりにしといてよ、姉さん。姉さんのキンキン声聞くと、傷口が疼《うず》くよ」

「何を気取ってんのよ、ガキのくせに！　あ、お待ち、どこ行くのっ」

「うるさい姉さんの声の聞こえないところ」

融はぶすっとして、すたすたと部屋を出て行った。

あたしは呆然《ぼうぜん》として、座りこけた。

あのガキ、自分を何様《なにさま》だと思っているのかしら。

秘めた恋を隠すためなら、あたしと高彬がどうなってもいいというの⁉

姉ながら、わが弟は姉思いの素直な子で、ボケッとしているところはあるにせよ、いい子だと思っていたというのに、こういう態度に出るとは想像もしていなかった。

かわいい愚弟《ぐてい》の融ちゃん、姉さんの性格を忘れているみたいね。

お姉さまはこのまま引っ込む人間じゃないわよね。

こうなったら、意地よ。

夜盗《やとう》が出没《しゅつぼつ》した正確な場所を知りたいせいもあるけれど、それだけではない、あの子があたしたちの新婚生活を踏みつけにしても隠しておきたい恋人の身元を、必ず探り出してみせるんだから！

3

それからというもの、あたしは融《とおる》の様子を見張り始めた。

よほど惚《ほ》れこんでいるみたいだし、傷が治りしだい、女のもとに忍んでゆくはずだと踏んだのである。

あたしひとりでは見張りきれないので、融付《づ》きの女房《にょうぼう》をひとり、買収までした。

そもそも貴族の家族というのは、親、子供が別々の対屋《たいのや》に住んでいる。

いってみれば母屋《おもや》にあたる寝殿《しんでん》てところに、家の長たる父が住み、離《はな》れみたいな対屋ってところに、母や子供が住んでいると思えばよろしい。

みんな、それぞれに仕える女房らに囲まれて、別々に暮らしているようなものなのだった。

そのせいか、家族が何をやっているか、今ひとつ、わからない。

親や兄弟より、その人に仕えている女房の方が、その人について詳《くわ》しいのが普通である。

融付きの女房に右近《うこん》というのがいて、金のかかる恋人がいるらしく、ほいほいと買収にのってきた。

四日ほどして、夜も更《ふ》けたころ、右近がそっとあたしの部屋にやってきた。

「姫さま、融さまが腹心の雑色《ぞうしき》（使用人）の清丸《きよまる》に言いつけて、牛車《ぎっしゃ》の用意をさせておられますけれども……」

「やっぱり！」

小萩《こはぎ》と碁《ご》を打っていたあたしは碁石を叩きつけて、すっくと立ち上がった。

「小萩、こっちも行動開始よ。目立たない牛車を用意させなさい。おまえも一緒にくるのよ」

事情を聞かされている小萩は、心得顔《こころえがお》で飛び出して行った。

あたしと高彬《たかあきら》の夜がうまくいかなかったのを同情してくれていて、それに融の恋人というのにも好奇心を刺激されているらしい。いつもよりきびきびしている。

牛車《ぎっしゃ》を用意させている間に、あたしは外出用に着替えをした。

夜盗《やとう》が徘徊《はいかい》している折、いざという時にそなえて軽装にする。

小袖《こそで》に袿《うちぎ》を重ねて、それだけでは寒いので、温石《おんじゃく》（あたためた石でカイロがわり）を胸に入れる。護身用の小刀も、懐中した。

じきに牛車の用意ができて、あたしと小萩が乗り込んだ。

ややあって、裏門の方から融の牛車が出て行く音がする。

よし、追跡開始だ！

「一郎《いちろう》、後をつけなさい」

牛飼童《うしかいわらわ》の一郎に言いつける。

あたしの乗った車は、ゆるやかに屋敷の門を出た。

これまで何度も、とうさまの目をかすめて夜のドライブをしている御忍《おしの》びのプロなので、あたしも小萩も牛飼童の一郎も、手慣れたものである。

融の車につかず離れず、気付かれずに後をつけるくらい、楽勝なのだった。人間、なにごとも経験だわ。

「あのオクテの融さまのお相手って、どんな方でしょうね。瑠璃《るり》さま」

小萩がひそひそと言う。

好奇心を抑えられないらしい。

ふむ、どんな女だろうと、あたしは気に喰《く》わないわ。

姉思いで友だち思いだった融なのに、自分の恋を隠すためなら、お姉さまや高彬を犠牲《ぎせい》にしても仕方ないとまで思いつめさせるなんて、百戦練磨《ひゃくせんれんま》の未亡人なんかに決まっている。うちの財産目当ての女かもしれない。

事と次第によっては、とうさまに言いつけて別れさせてやるんだ！――

でも、これって、弟をとられた姉のヤキモチもあるのよ。わかっては、いるの。

やっぱり、複雑よぉぉ。

つい昨日まで、「姉さん姉さん」と言って慕《した》ってきていた弟が、いつのまにか恋の通《かよ》い路《じ》に夜盗に斬《き》りつけられ、それでも恋のために黙っている凜々《りり》しい男に変身、なんて戸惑《とまど》ってしまう。嘘でしょうって感じなのよ。

「瑠璃さま」

しばらくして、小萩が不安そうに言った。

「車は堀河《ほりかわ》のあたりに向かってるようですけど」

「そうみたいね」

相槌《あいづち》を打ちながら、奇妙な不安が忍び寄ってくる。

堀河のあたりには、名家権門《めいかけんもん》の屋敷が軒《のき》を並べているのである。

間違っても、身元の知れない女がひっそりと住んでいるようなところではないのだった。

融が必死になって恋人を隠そうとしていたのは、身分違いの下賤《げせん》な女に引っかかっているからだとばっかり思っていたけれど、こうなると、その反対もあり得るんじゃないかしら。

身分の高い姫とできちゃって、それで隠していたのかも……。

だけど、融だって大納言《だいなごん》家の嫡男《ちゃくなん》、官位も従五位《じゅごい》の侍従《じじゅう》である。なんといっても、摂関家《せっかんけ》の流れをひく家柄なんだから。

今のところ出世レースでは高彬に頭ひとつ抜かれているけれど、近い将来は競《きそ》い合うはずの公達《きんだち》なのだ。少なくとも、家柄で較《くら》べる限り、そうである。本人の力量ってのは、問題があるけれど。

その融と身分違いの姫なんて、そうそういるはずがない。

人柄より家柄の世の中、どこの家でも、将来性豊かな融を歓迎するはずだものね。

とすると、いったい……。

「瑠璃さま、車は二条《にじょう》のあたりに向かってるようですわ」

簾《すだれ》を透《す》かして外を見ていた小萩が、緊張した面持《おもも》ちで呟《つぶや》いた。

「二条堀河と申せば、よもや……」

「融が二条堀河邸《てい》に向かってるって⁉　そんな馬鹿な」

あたしはぎょっとなって、簾にへばりついて外に目を凝《こ》らした。

通り過ぎる風景は、確かに二条近くのものだ。

まだ春先だというのに、胸に冷や汗が流れた。

二条堀河邸――

そこには、前《さき》の帝《みかど》の第八皇女、あたしたちが藤宮《ふじのみや》と愛称する御方《おかた》がお住まいになっているのである!

「ふ、ふ、藤宮さまといえば、御生母さまが身分低い典侍《すけ》であったため、皇族の中にいては何かと辛《つら》い思いをなさるだろうと、当今《とうぎん》さまのお声がかりで臣下《しんか》に降嫁《こうか》なされた……」

小萩は、雲の上の方々の話なので、畏《おそ》れ多くて震《ふる》えている。

あたしは唾《つば》をのみ込み、頷《うなず》いた。

「そうよ。いくら皇女さまといっても、御生母の身分が低いと、かえって辛いことが多いのよ。後見《バック》のない皇女さまは、生活も不安定だし、それやこれやで、当時の内大臣《ないだいじん》だった方に降嫁なされたのよね。お美しいこと限りなく、藤の花のようだと謳《うた》われたものだわ。ところが内大臣がぽっくり逝《い》っちゃって、御齢《おんとし》十六歳で未亡人になられて、御血筋が御血筋だけにうかつに再婚もなされず、今日に至ってるのよ。確か、今、花の二十歳《はたち》であられたっけ」

「つまり、今の帝さまとは兄と妹の御関係、東宮《とうぐう》さまには叔母君《おばぎみ》にあたられる尊い御方ですわね……」

「そうよ。そんな御方と、うちのボケ融が、あたしの愚弟《ぐてい》が、ま、まさか、ははは」

笑い声も強張《こわば》ってくる。

突然だけれど、融が「この恋がばれたら、身の破滅だ」の何のと言っていたのを思い出してしまった。

融、まさか……。

と、その二条堀河邸とは目と鼻の先の竹林の前で、あたしたちの乗った車が止まった。

「姫さま、融さまの車が止まりました。これ以上、近付くと、気付かれてしまいます」

一郎が小声で言う。

「融の車、どこのお屋敷の前に止まってる?」

「えーと、あれは、二条堀河邸の裏門の近くですね」

「!」

あたしと小萩は声もなく、手を取り合った。

二条堀河邸の裏門……。

ど、ど、どうしよう。

やっぱり、融のお相手は藤宮さまなんだろうか。

これは、下手《へた》したら都《みやこ》じゅうの大スキャンダルになるわよぉぉぉ。

藤宮さまは降嫁《こうか》なされた方で、もう皇族ではないから、どなたを恋人に持ってもよさそうなものだけれど、そうは問屋がおろさないのが一般大衆心理というもの。

未亡人の身で新しい恋人をつくったというだけでも、人の噂《うわさ》はかしましいのに、それが四つも年下の少年だもの。

〝色好みの藤宮さま〟などと言われかねない。

一方の融だって、噂の餌食《えじき》はまぬがれない。

いくら家柄がいいといっても、今のところは従五位の弱輩者《じゃくはいもの》、それが前《さき》の帝《みかど》の皇女さまと……ぶるるるる、恐ろしいこっちゃ。

今となっては、あの子が夜盗《やとう》に襲われたのを六条あたりとウソついてくれたのが、ありがたいと思えてくる。

藤宮さまのもとに通っていて、その途中で賊《ぞく》に襲われたなんて知れ渡ったら、あの子は噂に押し殺されてしまう。

「あ、融さまが車を降りられました」

忠実な一郎が、実況中継を始めた。

「車を降りられたものの、人目をはばかってか、辺りを窺《うかが》うようにうろうろと歩き回っておられます。あ、裏門に近寄られました。いや、戻って来られます。あ、また近付かれた。お屋敷の中を覗《のぞ》かれています」

臨場感溢《あふ》れる解説にいても立ってもいられず、あたしは車を飛び降りた。

折よく月夜なのでぼんやりと明るく、目を凝《こ》らすとはるか向こうに融が見えた。

ちょうど、裏門からお屋敷内に入ろうとしているところのようだった。

あたしは馬のごとく駆け出した。

今までは知らなかったからいいけれど、こうして融のお相手がわかった以上、黙って見過ごすわけにはいかない。

恋に狂って、ものの判断もつかない弟に、ものごとの筋道を教えて聞かせるのが姉の務《つと》めよ。

融が裏門をくぐろうとするのと、あたしが融の腕を摑《つか》むのは同時だった。

夜の闇《やみ》の中から急に腕を摑まれた融は、ぎょっとしたようにふり返り、あたしを見て絶句した。

「ね、姉さん、どうして、ここへ⁉」

「ちょっとおいで。こっちに来るのよ」

門の前で話し合うわけにもいかないので、竹林の方に引きずって行った。

思いもかけない人が、思いもかけない場所に現れて、すっかり度肝《どぎも》を抜かれたらしく、融は抵抗しなかった。

竹にまぎれて、人目に立たないのを確かめてから、改めて融を見た。

恋する男らしく顔を赤らめながらも、きっと唇を嚙《か》みしめている様は、なみなみならぬ意志を感じさせる。

「融……」

「姉さん、つけたんだね」

「あたりまえでしょ。偶然、ここに来たとでも思うの」

「そういう意味じゃなくて、つまり、ぼくの後をつけるなんて卑怯《ひきょう》だと言ってるんだよ」

「どこが卑怯よ。弟の身を案じるのは、姉の務めよ。つけてきて、ほんとに良かった」

「良かったって……」

「こうして目《ま》の当たりにしても、まだ信じられないわ。おまえの恋の相手って、ほんとに藤宮さまなの？」

念を押すように言うと、融はいよいよ真っ赤になり、目をつむった。

そのまま、しばらく黙り込み、やがて切《せつ》なそうなため息をついた。

「現場で押さえられて、あれこれ嘘《うそ》言っても始まらないな。そうだよ」

がーん！　という擬音《ぎおん》はこういう時のためにあるのだと、しみじみ思うわね、ほんとに。

わかってはいても、融本人の口から聞かされると、また別のオモムキがあるってもんだわ。

「藤宮さまに仕えてる女房とできてるとか、そういうんじゃないの？」

一縷《いちる》の望みを託して言っても、すっかり腹を据《す》えたらしい融はびくともせず、きっぱりと頭を振った。

「違うよ。ぼくが好きなのは藤宮さまだけだ。他の女なんか目に入らないよ」

「だけど、どうやって知り合ったのよ」

そこが理解できない。

こんな甘ちゃんの坊々《ボンボン》と、藤宮さまとの接点はないと思うけれど。

現代は、姫君といえば屋敷の奥に引っ込んでいる。一生のうち、十回と外出すれば普通なのである。（あたしは例外中の例外の姫なんだもん）

それでどうやって恋人を得るかといえば、ひたすら待つ、のである。

殿方《とのがた》は女の顔など見ないまま、噂《うわさ》や勘《かん》を頼《たよ》りに、どこそこの姫は美しいと思い込んで恋心を募《つの》らせ、せっせと求愛の歌や文を送る。

女はそういう求愛を待ち、気に入ったのがあれば、色よい返事などする。

色よい返事をもらえない殿方は、押して押して押しまくり、熱意を認めてもらうという手もある。

ともかく、そういう段階があって、晴れて恋人同士になるのだ。

とすると、融もせっせと求愛して、色よい返事をもらったか、返事をもらえなくて押しまくったクチなのだろうか。

「別に、知り合ってないもん」

「だけど、恋人同士なんでしょ」

融は恨《うら》めしそうに、あたしを睨《にら》んだ。

「そんなこと、あるはずないじゃないか。ぼくが勝手に、懸想《けそう》してるんだ」

「え」

「去年の賀茂祭《かものまつり》の時、藤宮さまの乗った車が見物にいらしててさ。控《ひか》えめな目立たない車だったけど、妙《みよう》に華《はな》やいでいて、どなたの車だろうって思ってたんだ。そしたら、車の中の女房が動いた拍子に、少しだけ簾《すだれ》がまくれあがって、中がちらりと見えたんだ。美しい﨟《ろう》たけた御方の横顔が見えて、そのとたん、その御方の顔以外、何も見えなくなった。それくらい美しい御方だったんだよ、姉さん」

……なんだ、そうか。要するに片思いか。

そりゃそうだわね。藤宮さまと融が恋人同士なんて、どう考えても無理ってもんだわ。

融はその時を思い出したのか、うっとりと目を潤《うる》ませ、熱っぽく言った。

「あんな美しい御方は、見たことがない。当代一の美女と噂《うわさ》に高い兵部卿宮《ひようぶきようのみや》の二の姫だって、藤宮さまに較《くら》べたらカスだよ」

カス、ね。

なんとも過激なことを言うものだ。二の姫が聞いたら怒るぞ。

それにしても、ひと安心といえばひと安心だった。

藤宮さまに勝手に片思いしているぶんには、都《みやこ》じゅうの噂になるはずもない。そんな男は星の数ほどいるものね。

「で、文《ふみ》を送ったりして、頑張《がんば》ってるわけ？」

「文なんて……」

融はポッと赤らんだ。

「ぼくの手蹟《て》なんて下手《へた》クソで、とても藤宮さまには見せられないよ。歌も、あんまり得意なほうじゃないし」

「じゃ、何やってるのよ」

「何も。ただ、こうやってお屋敷の周りを歩いてるだけさ」

はあ？

お屋敷の周りを歩いている、だけ？

「そうさ。何かの拍子に、簀子縁《すのこえん》に出られた藤宮さまを垣間見《かいま》られるかもしれないもん」

「はあ……」

わが弟のあまりのけなげさに、なんだか胸が詰《つ》まってしまった。

恋する方《かた》はあまりに高貴で、文を送ることさえ畏《おそ》れ多いと諦《あきら》め、せめてひと目見んものと夜ごと屋敷に通いつめていたとは、なんという純情物語……。

いかにも、わが愚弟《ぐてい》よね。

そうね、オクテの融にできることといえば、それぐらいが関《せき》の山《やま》だわねえ。

あたしはいつになく優しく、いたわるように融の肩を抱いた。

「話はわかったわ。何もかも隠そうとしたおまえの気持ち、姉さんにはよくわかった。相手が相手だもんね。ま、なんとかなるとは思えないけど、これからは姉さんが相談にのってあげるわよ。今夜のところはここまでにして、一緒に帰ろう」

「やだ」

融はあたしの手を振り払った。

「ぼく、帰らないよ」

「明日の夜、また来ればいいでしょ。おまえの傷だって、まだ完治してないんだし」

「いやだ。あの男の正体を知りたいんだ。今夜あたり、来てそうな気がするんだよ」

「あの男？」

「信じられないけど、藤宮さまには男が通ってるんだ」

「何を馬鹿なこと言ってるの。嫉妬《しっと》で眩《くら》んだ目で見れば、庭の枯れ木も男に見えるのよ」

「ほんとだよ。ぼくを斬《き》ったのは、そいつなんだ」

「なんですって⁉」

夜中の戸外であることも忘れて、あたしは大声を張りあげてしまった。

融を斬ったのは、藤宮さまに通っている男ってどういうことなのか。

となると、夜盗《やとう》はどうなるの、夜盗は！

「そんなの最初からいないよ」

融はあっさりしたものだった。

「高彬《たかあきら》が勝手に夜盗《やとう》と決めつけただけだもん」

「だもんて、おまえ……」

あたしは呆然《ぼうぜん》とした。

「夜盗のせいで、高彬は忙《いそが》しくなったのよ。いないですむと思ってるの」

「だって、いないものはいないもん。あの夜、いつものようにお屋敷の周りをうろうろしてたら、見窄《みすぼ》らしい牛車《ぎっしゃ》が人目を避《さ》けるように出てきてさ。ぼくにはピンときたよ。だけど、車はどうみても身分高い人のものじゃなくて、せいぜいが少納言《しょうなごん》あたりって感じでさ。そんな男が藤宮さまに通ってるなんて信じられなくて、後を追っかけて『どこの者だ！』とやったんだ。そしたら、あいつめ……！」

融は口惜《くや》しそうに、ぎりぎりと歯ぎしりした。

「もの言わずに斬《き》りつけてきたんだ、ちくしょう！」

ということは、とどのつまり、藤宮さまをはさんだ男ふたりのサヤ当ての果ての刃傷沙汰《にんじょうざた》だったというのだろうか。夜盗とは全然関係ない……。

「まあ、そうなるよね。だけど、事情を話すわけにもいかないし困ってたら、高彬が勝手に誤解してくれて助かったよ、あははは」

融は心底ホッとしているらしく、明るい声で笑った。

「何を言ってるのよ、このボケがっ！」

あたしは怒りを抑えることができず、思いっきり融の頭を殴《なぐ》りつけた。

そりゃあ高彬も早のみ込みで、勝手に夜盗だなんだと騒いだあげく、役所に報告したのは馬鹿だったかもしれない、確かに。

けれど、そのせいであたしたちの初夜がお流れになって、いつ再開できるか、そのメドも立っていないというのに、どうして融はほけほけ笑っていられるのよ。

ひとこと、夜盗じゃなかったと言っていれば、巡《めぐ》り巡ってあたしたちの新婚生活がおあずけになることもなかった。

しかも、今さら高彬に、「あれは誤解なのよ。融は女のことで、男とやりあったのよ」と言うこともできない。

そんなことしたら、夜盗だと報告した高彬のメンツが立たないもの。

とすると結局、いもしない夜盗狩りのほとぼりが冷《さ》めて、東宮さまもおちつかれて高彬を解放してくれるまで、じっと待つしかないってことじゃないの。

何もかも、すべては恋に狂った融のせいだと思うと、情けなくて涙も出やしない。

罵《ののし》る言葉もなくて睨《にら》みつけてやると、さすがに気まずいのか、融はふいっと顔をそむけた。

と、突然、

「あ、あいつの車だ。やっぱり来てたんだ！」

押し殺した声で、低く唸《うな》った。

驚いて振り返ると、二条堀河邸の裏門から、いかにも見窄《みすぼ》らしい牛車《ぎっしゃ》がたったふたりの供人《ともびと》とともに出てくるのが見えた。

「姉さん、あれだよ。あの車だ。ぼくを斬《き》ったやつは、あの車に乗ってるんだ！」

あ、そう。それがどうしたのかしら。

あたしは小袖《こそで》の裾《すそ》についた土を払い、回れ右をした。

「勝手にしなさいよ。アホらしくってやってられない。姉さんは帰るわ」

あたしがそう言うより早く、恋に狂っている融は竹林を飛び出して行った。男の正体を暴《あば》くつもりらしい。好きにしてちょうだい、わが愚弟《ぐてい》、馬鹿。

車に戻ると、小萩が心配顔で立っていた。

「何やら長いお話でしたけれど、何かあったのでしょう」

「あの子、病気よ。恋の病《やまい》ってやつ。つける薬もないから、ほっときゃいいわ」

「でも」

小萩は心配そうに、あたしの肩越しに二条堀河邸の方を見て、眉《まゆ》をしかめた。

「融さまったら、お屋敷から出てきた牛車の前に立ちはだかって、危《あぶ》のうございま……」

言いかけた声が跡切《とぎ》れ、小萩の表情が強張《こわば》った。

どうしたんだろうと振り返ったあたしは、息をのんだ。

融と男が揉《も》み合っているのだ。

暗いやら、こちらに背を向けているやらで顔は全然見えないけれど、相手の男の方が優勢なのはすぐわかった。

と、ふいに融とおぼしき人影がぐらりと揺れ、つんのめるようにして前屈《かが》みに崩《くず》れ落ちた。

あたしと小萩は叫び声をあげることもできず、凍《こお》ったように立ちつくしていた。

融が痴話喧嘩《ちわげんか》の果てに殺されたなんて、そんなことがあるんだろうか⁉

だけど、路上に転がった人影はぴくりとも動かない。

われに返ったのは、牛車のきしみの音を聞いたからだった。

男があわただしく車に乗り、牛車とも思えないスピードで走り去ったのだ。

あたしと小萩は同時に走り出した。竹に袿《うちぎ》の袖が引っかかるのもかまわず竹林を抜け出て、門前に倒れている融に駆け寄った。

「生きてらっしゃいますわ！」

跪《ひざまず》いて融の口に手を当てた小萩が、泣きそうな声で叫んだ。

「当て身をくらっただけのようですわ」

「おまえ、融を頼むわね」

生きているとわかったとたん、あたしは意を決していた。

「融の車で、先に帰っててちょうだい」

「先にと申しますと、瑠璃さまは……」

「今の車を追うわ。一郎、車をこっちによこしなさい、急いで！」

馬鹿で愚かな弟だけれど、一度は斬《き》られるわ、二度目は当て身をくらって気絶するわじゃ、あまりにも報《むく》われない。

そもそも、あの男が融を斬ったところから、すべては始まったのよ。

いくら恋人との逢瀬《おうせ》の帰り、妙《みょう》なガキが飛び出してきて「どこの者だ」とか何とか喚《わめ》いたからって、斬ることはないじゃないの、斬ることは。

正体をつきとめて、事と次第によっては、出るところに出て融に謝《あやま》らせてやる。

怯《おび》えきって引き留める小萩を振り切り、あたしは車に乗り込んだ。

「一郎、今の車、追えるところまで追ってみて。うまく追いついたら、お手当てをはずむわよ」

「はいっ」

一郎は勢いよく返事して、牛をはげまし、ものすごいスピードで走り出した。揺れが激しくて、舌をかまないために歯を喰いしばっていなければならないほどだった。

車は三条《さんじょう》を過ぎ、東に折れて西洞院《にしのとういん》あたりまできて、にわかにスピードが落ちた。

「どうしたの、一郎」

「それが、この辺りで見失いました」

「見失った？　ちょっと止めて」

車を止めさせて、外に出てみる。

さっきまで出ていた月が半分ほど雲で隠れてしまって、辺りは暗闇《くらやみ》に近い。

一郎の持っている松明《たいまつ》を借りて、周りを照らしてみる。

近くに、わりに小さな邸宅《ていたく》があった。

どなたの家だろう？

いくらあたしが活動的な姫でも、都《みやこ》じゅうのお屋敷の持ち主をいちいち知ってるわけではない。

二条堀河邸のような有名なお屋敷ならいざしらず、目の前にあるのはありふれた構えのお屋敷で、とりたてて特徴もない。

例の車は、この屋敷に入って行ったんだろうか。

門の前でうろうろしていても始まらないので、思いきって邸内に入ってみることにした。

不法侵入といいえばいいえるけれど、ここまで来て手ぶらで帰るのもおもしろくない。

例の車が見つかれば、後日《ごじつ》ゆっくりと、このお屋敷の持ち主を調べればいいのだ。

一郎を門の外に見張りに立たせて、あたしひとりが門をくぐった。

まだ人が起きているらしく、寝殿《しんでん》から明かりが洩《も》れていて、そのおかげで門の外よりは少し明るい。

目が慣れるに従って、邸内のいろいろなものが見えてきた。

庭木の配置もよく、池の形も凝《こ》っている。

築地《ついじ》（土塀《どべい》）の質素なわりには、邸内は手入れが行き届いていた。これは、あながち身分の低い者の家とは言えないぞ、とあたしもしだいに後ろめたくなってきた。

どうやら、大貴族がわざと華美《かび》を抑えて造った別宅、といったほうがいいような造りなのだった。

例の車は車宿《くるまやどり》にはなかった。

このお屋敷とは関係なかったのだろうか。

そうなると、勝手に入り込んで悪かったかしら。

辺りを見回しても例の車の影も形もなく、あたしは諦《あきら》めて、門に向かった。

はずなんだけれど、なぜか寝殿《しんでん》前の南庭に出てしまった。薄暗いやら、やたら庭が凝ってい

て入り組んでいるやらで、迷子になっちゃったらしいのだ。

や、やだな、もう。人が起きているみたいなのに、バレたら困ってしまう。あたしはおたお

たとぬき足さし足で一歩ずつ進んだ。

と、ふいに近くの部屋の妻戸《つまど》が開く音がして、人の声がした。

「誰だっ!?　そこに誰がいる!?」

その声に誘われるように、四方八方からバラバラと人の走って来る気配もする。

あたしはびっくりしてしまって、あわてて縁《えん》の下に駆け込んだ。

べ、別に悪いことしていたわけじゃないし、弟を斬《き》ったり気絶させたりした男を捜《さが》しているという大義名分《たいぎめいぶん》もある。

大義名分はあるけれど、やっぱり黙って他人の邸内に入り込んだところを押さえられたら、いろいろ面倒なことになる。

ここはしばらく隠れて、知らん顔していよう。

縁の下で四つんばいになっていると、あたしの目の前に何人もの人間の足が見えた。このお屋敷に仕えている侍《さぶらい》だろうか、足の運びがきびきびしている。

侍というのは貴族に仕えている家人《けにん》の中でも、家の警固をしたり主人の身辺を守る武術巧《たく》みな者どものことである。

足は二十本近くあった。ということは、十人前後の侍が集まってきたことになるのだろうか。

いくらなんでも、主人のひと声でこんなにたくさんの侍がどっと集まるなんて、どういうことなのだろう。

よほどの大貴族なのかしら。

「入道《にゅうどう》さま、何か」

「人の気配がしたのだ。おまえら、見なかったか」

「さあ、われわれはなにも……」

「そういえば、東門の近くにどこかの車が止まっておりましたが……」

侍《さぶらい》のひとりが言ったので、あたしはひやりとした。一郎が見つかったら、どうしよう。

「たぶん、近くの女のもとに隠れて通う者でしょう。この屋敷を探《さぐ》ろうとする者が、あんなところに堂々と車を止めておくはずがない」

「そうだな」

主人らしいジジむさい声が聞こえて、思わずほっと吐息をもらした。

それにしても、なんだか雲ゆきが怪しくなってきたぞ。

「この屋敷を探ろうとする者」と言ったっけ。

ここって、探られるような屋敷なの？

だから、こんなにたくさんの侍がいて、守りを固めているのだろうか。

「しかし、心配だ。おまえら、何人かここで見張ってろ。他の者は元の場所に戻れ。しっかり見張るんだぞ」

主人が尊大に言い、衣《きぬ》ずれの音とともに妻戸《つまど》を閉める音がした。

だけど、目の前の侍の足は動かない。何人かが、そこに踏んばっているのだった。

こ、これでは、出て行くに出て行けないじゃないの。

しようがないので、四つんばいのまま回れ右をした。

縁の下を突っきっていけば、反対側に出られるかもしれない。

とはいうものの、縁の下はまっ暗もいいところで、どっちへ行ったらいいものやら、わけがわからない。

あたしはそろりそろりと注意深く前進した。

しっかし、大納言《だいなごん》家の姫のすることじゃないわね、他人のお屋敷の縁の下をはい回るなんてさ。

とうさまにばれたら、こっぴどく叱《しか》られ……え？

あたしは進むのを止めた。

どこからか、「衛門佐《えもんのすけ》が……」と聞こえたような気がしたのだった。衛門佐といえば、わが夫の高彬じゃないの。まだ夫になっていないけれどさ。

そら耳かしらと思って耳を澄《す》ましてみた。

いや、そら耳じゃない。

どこか近いところから、ボソボソと人の話し声が確かにした。

あたしは息を詰《つ》めて、かすかな人の声に神経を集中した。

だんだん、はっきりと聞こえてくる。耳が慣れてきたようだった。

「——気のしすぎですよ、入道さま」

「いくら気をつけても、足りないぐらいだぞ。それでなくとも、今、京中には検非違使《けびいし》が出動していて、いろいろ動きにくいのだ」

「まったく、左衛門佐《さえもんのすけ》のやつめ、夜盗《やとう》の一匹や二匹、放っておいてもいいものを、馬鹿正直に報告したばかりに」

「大納言家の息子が斬《き》られたというが、どれほどの傷なのか調べなくともよいのか。夜盗とやらは、ほんとうにいたのかどうか」

縁の下のあたしは息をのんだまま、身を固くしていた。

どうも話し声は、あたしの真上から聞こえてくるようなのだった。

しかも、話の中に、まぎれもなく高彬が出てきている。

何が何だかわからないけれど、高彬に関係することはあたしにも関係すること、にわかに緊張のあまり、体が熱くなってきた。

「ほんとに夜盗がいたかと仰《おお》せられますと」

若い感じの声が言った。

しばらくの間があって、さっきから入道と呼ばれているジジむさい声が答えた。

「そなた、疑ってみたことはないのか。連日の夜盗狩りとは真っ赤な嘘《うそ》で、われらの動きを封じるために、夜間の見回りを強めたのかもしれぬぞ」

「まさか。帝《みかど》がわれらの動きに気付かれておられるとは思いません」

「誰が帝の話をしておる。東宮《とうぐう》御自身が気付かれて、そのような手を打ったのではないかと言っておるのだ」

東宮……？

なんでここに、東宮が出てくるのだろう。

なんだか今回の夜盗騒ぎについては、やたらと東宮の名前がついて回るような気がする。

「それこそ考え過ぎというものですよ」

若い声が笑った。媚《こ》びたような声の感じがいけすかない。

「もし東宮が気付かれているなら、かえって事を荒立てず、密使《みつし》を放って調べさせるが上策《じようさく》。それを夜盗にかこつけて京中見回りをさせるなど、われらを用心深くさせるだけではないですか」

「そう言われれば、そうだが……」

「しかも、東宮は今回の件で怯《おび》えられて、あの左衛門佐を梨壺《なしつぼ》に宿直《とのい》させておられる。もし本当にわれらを封じ込めるつもりなら、そんなことはなさらないでしょう。左衛門佐高彬はいずれ東宮の片腕になる者、しかも東宮の後見《こうけん》をしている右大臣《うだいじん》家の愛息子《まなご》、われらの計画を知って真っ先に動き出すのは右大臣家のはずです。その右大臣家の高彬が呑気《のんき》に宿直をしている限り、案ずることはありません」

「右大臣家か」

ジジ声の入道が吐《は》き捨てるように言った。

「そのうち、目にもの見せてくれようぞ。われらの正良親王《まさらのしんのう》がめでたく東宮におなり遊ばされた時こそ……！」

声が跡切《とぎ》れて、床《ゆか》に何かを叩きつける音が響いた。

ジイさん、興奮して何か投げつけたのだろうか。

「おちつかれて、入道」

若い声があたふたと取りなしている。

しかし……。

なんだか辻妻《つじつま》の合わない話だわ。

われらの正良親王が東宮になったらって、どういうことだろう。

正良親王というと今の東宮の年の離れた弟宮《おとみや》である。確か五つか六つであられるはず。

なんで正良親王が東宮におなりになるのか。

東宮はすでにおられて、いずれ御譲位《ごじょうい》があって帝《みかど》に即位なされば、当然、次の東宮は新帝のお子様がお立ちになるはず。

こういってはなんだけれど、正良親王の出番ってないはずだわ。

そりゃ、もちろん、今の東宮が御病気でお亡《な》くなりになったとか、何か不祥事《ふしょうじ》があって東宮を廃《はい》されたりしたら、話は別ね。

正良親王の御生母さまは左大臣《さだいじん》家の姫だし、東宮になれるなれないは、バックについている実家の勢力で決まるようなところあるもんね。左大臣家は、バックとしては最高のお家柄。

今の東宮が何かの理由でいなくなったら、次になるのは正良親王だろう。

でも、現に東宮はおられるんだし、なのに正良親王が東宮になったらと言うなんて、ずいぶん危険な話に聞こえる。

これでは、まるで、今の東宮を亡きものにして、正良親王を東宮にしようという密談《みつだん》みたいじゃない、ははは、は……――

あたしはごくりと息をのんだ。

やだわ。高彬の言ったことを、突然、思い出してしまう、この記憶力の良さはなに？

東宮が次代の帝になられるのを不満に思っている一派がいる、床下から呪《のろ》いの人形《ひとがた》が出てきたこともある、って……。

ちょっとー、うそでしょーっっ!!

あたしはもしかすると、その〝一派〟の本拠地《ほんきょち》の縁の下にいるのかしら!?

なんで、こうなっちゃうの。

あたしは融の敵《かたき》を追っかけてきただけなの。高彬との初夜をおじゃんにした張本人《ちょうほんにん》、高彬は夜盗だと思い込んでいて、実は融の恋敵の男を追っかけてきただけなんだよー。そうでしょう!?

なな、なんとかしなくちゃ。

いろいろ、しなきゃいけないことはあると思うけれど、まず第一にするべきことは、ここから逃げ出すことだわ。

あたしは高彬の妻、いってみれば右大臣家の嫁よ。とうさまも右大臣家とは長いつき合いだわ。けれど、あたしの真上にいる連中、話の流れからいくと反右大臣一派とみて間違いなさそうだった。

こんな重大な密談を盗み聞きしたうえ、右大臣家につながる者とばれたら、絶対、殺されてしまうじゃないの。

あたしは呼吸を整え、そろりそろりと前へ進んだ。

けれど、ほんの数歩も進まないうちに、手足が動かなくなってしまった。

目の前に、やはり四つんばいになった者がいて、じいっとあたしを見ているのである。それは、もちろん見えたというより、気配だった。

侍《さぶらい》が縁の下まで見張りに来たんだろうか。

そう思った時、何かがきらりと闇の中で光った。

刀だ！

相手が刀を抜いて、あたしに迫ってくるんだわ！

それがわかっていながら、立ち上がって走ることもできない。

相手の息遣《いきづか》いがあたしの耳にもはっきり聞こえた瞬間、恐怖と緊張のあまり、ふっと意識が遠のいた。

4

いい匂《にお》いが、する……。
これ、お粥《かゆ》の匂いよ。絶対にそう。
あたし、食べものの匂いに関しては、なかなかのもんなんだから。
お腹《なか》がすいたよー。
小萩《こはぎ》、何か夜食持ってきてよ。夜食、食べたいよー。
「姫さま、お気がつかれましたか。お起きになられたら、お粥がございますよ」
遠くの方で、優しげな声がした。
お粥⁉
お粥、食べたい！
「お粥、どこっ」
突然、ほんとうに突然に目が醒《さ》めて、あたしはむっくりと起き上がった。
目の前に、お粥の入った椀《わん》を持っている女房《にょうぼう》がいた。
あたしは椀をひったくって、ずーずーと啜《すす》った。
体じゅうがほかほかしてきて、少しずつ気持ちもおちついてくる。

あっという間に椀がカラになって、お代わりがほしいなーと思いつつ周囲を見渡してみた。

この時になってようやく、自分がかなり立派な部屋に寝かされていて、数人の女房らに囲まれているのに気がついた。

女房らはみんな、あきれたようにあたしを見ている。

もちろん、あたしの方でも、じいっと女房らを見返した。

お粥のお代わりに未練はあるけれど、それより何より現状を把握《はあく》しなくてはと気をとり直したのである。

あの縁の下で気を失って、気がついたら立派な部屋に寝かされていた。ということは、ここはあの屋敷内なのだろうか。

「あのう、ここ、どちらですの」

口元についたお粥を拭《ぬぐ》いつつ、遠慮《えんりょ》がちに聞いてみた。

女房らは顔を見合わせ、どうしたものかというように目で合図し合っている。

やがて、年かさの賢《さき》そうな女房が思いきったように膝《ひざ》を進めて、言った。

「ここは畏《おそ》れ多くも前の帝《みかど》さまの第八皇女であられた女八の宮、藤宮《ふじのみや》さまとも呼ばれておられる御方のお屋敷です」

「藤宮さまのお屋敷!?　じゃ、二条堀河《にじょうほりかわ》なの？」

「さようでございます」

女房はおっとりと頷《うなず》いた。

さようで……って、どういうことなんだろう。

あたしは五条《ごじょう》の西洞院《にしのとういん》あたりの胡散臭《うさんくさ》い屋敷の、縁の下にいたはずだった。

それがどうして、気がついたら藤宮さまのお屋敷にいるのかしら。

それとも、あれ、あの五条のお屋敷のことはみんな夢だったんだろうか。

東宮《とうぐう》をめぐる陰謀《いんぼう》の密談《みつだん》も何もかも夢で、あたしは融《とおる》を見張っているうちに寝込んじゃったんだろうか。

わけがわからなくなって、なんだか頭痛がしてくるわよ。

「あたし、どうして藤宮さまのお屋敷にいるの」

「鷹男《たかお》が姫さまをお連れしたのですわ。わたくしどももびっくりしてしまいました」

「鷹男って?」

「藤宮さまが、さる御方よりお預かりになった雑色《ぞうしき》でございます」

何が何だかわからなくて、もっといろいろ聞こうとした時だった。ふいに女房たちがあわただしく居ずまいを正した。

襖障子《ふすましょうじ》が音もなく開いて、ひと目で貴人とわかる美しい御方が静かに入ってきたのである。

藤宮さまだ。

きっと、そうだ。

藤宮さまはあたしの枕元に座を設けさせて、ゆったりと座られた。

「魂《たましい》を戻されたそうですね。御気分は？」

「はあ……、元気です」

何をどう言っていいのかわからなくて、口ごもってしまう。

融が片思いするのもよくわかるお美しさ、輝くような長い黒髪。女ながら見とれてしまう。二十歳《はたち》といえば女盛り、しかもおちつきを漂《ただよ》わせて、毅然《きぜん》としていらっしゃる。

「みな、退《さ》がりなさい。わたくしは姫とおふたりきりで、お話があるのです」

藤宮さまが人払いをなさると、女房らはさざ波のようにささっと退がって行った。

ふたりきりになってから、藤宮さまの表情がふっと変わられた。

真剣な抜きさしならない目で、あたしをご覧《らん》になっている。扇《おうぎ》でお顔を隠すどころか、扇をお持ちでもない。

「姫さま、あなたの牛飼童《うしかいわらわ》が、あなたは大納言《だいなごん》家の瑠璃姫《るりひめ》だと申しておりますのよ。その通りですの」

「ええ。一郎《いちろう》はどこにいるんですか」

「姫さまを返せと騒ぐので、雑舎《ぞうしゃ》に押し込んでありますの。お気を悪くなさらないでね。わたくしたち、すべてを極秘《ごくひ》に運んでおりますから、騒がれたくないのです」

「すべてを極秘って……」

あたしはにわかに緊張した。

あの五条のお屋敷の密談と藤宮さまは、何か関係があるのだろうか。

まさか東宮を陰謀にハメる計画の黒幕が、藤宮さまなんじゃ……。

「ね、瑠璃さま。どうしてあなたが、あのお屋敷の縁の下にいたのか、そこをご説明してくださいません？　いくらなんでも突飛すぎますわ、大納言家の姫君ともあろう方が夜盗《やとう》のように、縁の下にひそんでいたなど」

お声は優しいけれど、表情は厳《きび》しく、決して笑ってはおられない。ひどく真剣だった。

万が一、藤宮さまが敵方だったらと思うと震《ふる》えたけれど、ここで黙っていたらいよいよ立場が悪くなると思って、あたしはペラペラ喋《しゃべ》ってしまった。

弟の融が夜盗に斬《き》られて帰ってきた夜から始まって、融の恋人を探《さぐ》るためにつけてきたこと、二条堀河邸の裏門近くで融と揉《も》み合っていた不審な男のこと、その男を追いかけて五条のお屋敷まで行ったことなど、全部喋ってしまって、喋り疲れて口をつぐんだ。

「なんとも、まあ……」

藤宮さまは心底びっくりなさったようだった。

「なんという偶然の重《かさ》なり合いなんでしょう。まさか、姫さまの弟君《おとうとぎみ》が、そのう……」

「藤宮さまに懸想《けそう》していて、すべてはそこから始まったようなものですわ」

あたしはむっつりと言った。

「あたしだって、よそさまのお屋敷に忍び込んで縁の下で盗み聞きする趣味なんかありませんもの。弟のことや、それで迷惑を蒙《こうむ》っている高彬《たかあきら》のことさえなきゃ、今ごろ、家でゆっくり寝てますわ」

「盗み聞き……」

藤宮さまの目が、きらりと光った。

「では瑠璃さま、あのお屋敷でのお話、みんな聞かれたのですか」

「え、あ……」

「すべて聞かれたのですね!?」

うむを言わせぬ強い調子で、藤宮さまは畳《たた》みかけるように詰問《きつもん》なさる。

まずい、んじゃないのかな……。

弟の恋敵《こいがたき》を追って、あの屋敷に忍び込んだだけという線で押していればよかったのに、よけいなこと言ってしまったみたいだ。どうしよう……。

冷や汗が吹き出してきて、あたしはものも言えなくなってしまった。

藤宮さまはため息をつかれた。

「そうですか。瑠璃さまが何も聞かれていなければ、そのままお帰しすることもできたのですが、今となってはそれもできません」

「できませんって……」

「鷹男、聞いているのでしょう。おいでなさい」

藤宮さまがそうおっしゃったのが合図のように、襖障子《ふすましょうじ》がスーッと開いた。

やがて、身軽な狩衣《かりぎぬ》姿の殿方《とのがた》が静かに現れた。

長身ですっきりした身のこなし、整った目鼻だち、はっきりいって、これまで目にしたことのないすごい美男《ハンサム》だった。

「瑠璃さま、この者は鷹男といいます。さる御方からお預かりしている者です」

「はあ……」

「瑠璃さまの弟君を斬《き》りつけ、今夜はまた、当て身をくらわせたのはこの鷹男ですわ。鷹男に代わって、お詫《わ》びします。申しわけないことをしました」

藤宮さまは手をつかれた。

高貴な方に手をつかれて謝《あやま》られては、どうしていいかわからない。もともと藤宮さまがお悪いんじゃないいもの。

それにしても、この鷹男という雑色《ぞうしき》、身分の低い使用人のわりにはいやに堂々としていて、藤宮さまが謝っている横で傲然《ごうぜん》としていた。どういう男なんだろう。

だいたい雑色が、貴族の着る狩衣を着ているというのもおかしいいし、その狩衣姿がまた、よく似合っている。

雑色というのは世を忍ぶ仮《かり》の姿で、けっこう身分のある者じゃないかしら。

「鷹男って人、本名はなんて言うんですか。なかなかの身分の者のようですけれど」

思いきって聞いてみると、藤宮さまは絶句なさった。

鷹男もびっくりしたように、あたしを睨《にら》んでいる。その鋭い目つきがまた、なんとも艶《あで》やかでカッコいいのだった。はあ……。

やがて、感心したように、

「なるほど、屋敷の縁の下に逃げ込んで、しっかり盗み聞きをする姫君は目のつけどころが違う。屋敷の奥に引き籠《こも》って、日がな一日、のらくらしてる貴族の姫君とは一味違うようですね」

そう言って膝《ひざ》を進め、声をひそめた。

「何も説明せずにこのまま帰しては、あなたのことだ、あれこれ調べ回りますね」

「そりゃそうですわ。あたし、好奇心は人一倍だもん」

「うろちょろされては、こちらも困ります。よろしいですか、姫、これから話すことは他言《たごん》無用ですよ。左衛門佐《さえもんのすけ》どのといえど、言ってはなりません」

「高彬にも……?」

なんだか、重大な話のようだった。

そりゃそうかもしれない。なんたって、東宮《とうぐう》がどうの正良親王《まさらのしんのう》がどうのって話だもの。

「何から話していいのか迷うが、姫は東宮をめぐる事について、何か知っていますか」

「高彬が教えてくれたわ。東宮が次代の帝《みかど》になられるのを不満に思っている一派がいるって」

「そうなのです。そもそも今の東宮の母君は皇族出身で、御血筋はこよなくよろしいのです。しかし、後見《バック》の権力財力はお弱かった。その方が東宮にお立ち遊ばされたのは、ひとえに右大《うだい》臣《じん》家の力によるのです。右大臣家が公子姫《きみこひめ》を女御《にょうご》に差し出されて婚姻《こんいん》関係を結び、その縁で全面的に援助なさったというわけです」

「よく、わかるわ」

こういってはなんだけれど、後見《バック》の力って大切だものね。

もちろん高彬のとうさまの右大臣だって、自分に有利になると思えばこそ、東宮のお味方になったのは当然のこと。

政治って、そういうものらしいわ。あー、うっとうしい。

「ところが東宮に立たれてからまもなく、帝に第二皇子がお生まれになりました。御生母は左《さ》大臣《だいじん》家の姫君です」

「それが正良親王ね」

「そうです。すべての争いの種は、ここから始まっているのです。どういうことか、姫はおわかりですか」

「えーと、つまり東宮がいずれ帝におなり遊ばせば、高彬の父君、右大臣家の勢力が増すってことよね。なんたって右大臣は、新帝の舅《しゅうと》になるんだもん。そうなると、反対勢力の左大臣はおもしろくないわね。もし正良親王が東宮で、いずれ帝におなり遊ばせば、左大臣は帝のお祖父《じい》さま、すごい権力をもつことになるんだもん。できることなら、正良親王を東宮にお立たせしたいわよね」

「その通りです」

鷹男は苦笑いしながら頷《うなず》いた。

「あなたはなかなか頭がよろしい。つまり、そういうことなのですよ。左大臣は正良親王がお生まれになった直後から、今の東宮を廃《はい》して正良親王を東宮になさるよう、帝に働きかけていたのです。しかし、今の東宮にこれといった落度があるわけでもなく、廃することはできぬと帝は突っぱねられる。失意のあまり、左大臣は出家《しゅつけ》してしまわれました」

「あっ！」

あたしはピンときて、思わず叫んだ。

「あの〝入道《にゅうどう》さま〟って呼ばれてたやつ、あいつがそうなの!?」

「そうです」

鷹男はおかしそうに笑った。笑うと鋭さが消えて、優しそうに見える。

「あの方が、すべての混乱のもとでしてね。権力欲が強くて、右大臣に強烈な対抗意識を燃やしておられる。息子に左大臣を譲《ゆず》って隠《おだ》居なさった今も、ひとりであれこれと策をめぐらしていらっしゃるのですよ。今の左大臣は穏やかな方で、年が若く経験不足なことを恥じて、右大臣にいろいろ教えを乞《こ》うていらっしゃる、実にいい方なのですがね」

あたしはめずらしく頭を使って、あれこれと考えをまとめた。

「ということは、あの入道じいさんが意地になって、人をかきあつめて、正良親王の東宮擁立《ようりつ》を画策《かくさく》してるわけ?」

「そうです」

鷹男は静かに言って、一段と声を落とした。

「東宮は、そのことに気付かれていらっしゃるのです。しかし、事を荒だてて取り調べることを望んでおられません。これといった証拠もないし、なにより、これはすべて前《さきの》左大臣ひとりの陰謀《いんぼう》なのです。今の左大臣家とは関係がない。そうは言っても、表沙汰《おもてざた》になれば左大臣家の一族郎党《ろうとう》に累《るい》が及ぶだろう、そうなれば宮廷や政治の混乱はまぬがれず、都《みやこ》はいっときでも乱れてしまう。東宮はそれを御案《ごあん》じになっておられるのです」

「というと、あなたは……」

「わたしは、東宮より直々《じきじき》の命《めい》を拝《はい》し奉《たてまつ》り、入道の身辺を探《さぐ》り、証拠固めをしている者です。人に怪しまれぬよう、東宮とはお親しい藤宮さまのお屋敷を拠点《もと》にして、動いております」

「んまあ……」

あまりにも壮大な話になってきたので、それ以上の言葉もなかった。

初夜が流れたの夜盗《やとう》がどうのという身近な話が、巡《めぐ》り巡ってこーゆー天下を揺るがす陰謀に辿《たど》りつくとは思ってもみなかったわよ！

　こうしてみると、例の夜盗騒ぎで、うちの融が斬《き》られたのを、「これはわたしを暗殺しようとする陰謀の表れだ」とか何とかおっしゃった東宮の言葉も、それなりに正しかったのね。

　あたしが黙り込んでいるのを何と思ったか、鷹男は気まずそうに咳払《せきばら》いして、

「そういうわけで、確かに弟君《おとうとぎみ》を斬ったのはわたしだが、お察し願いたい。わたしも弟君のことは、ずいぶん前から気がついていて、もしや入道の手の者が探っているのではと怪しんでいたのです。それがあの夜、すごい勢いで飛び出してきて、太刀《たち》に手をかけ、『どこの者だ！』と叫ぶのですからね。てっきり敵方の刺客《しかく》と思って、こちらも太刀を抜いてしまったのです」

　と、言い訳がましく言うのだった。

「それが大納言家の公達《きんだち》と知って、びっくりしましたよ。また運悪く、衛門佐高彬どのが夜盗が現れたなどと報告したために、夜の京中見回りが厳《きび》しくなって、わたしも動きにくかった」

「高彬はお役目熱心なだけですわ」

　わが夫が非難されては、黙っていられない。あたしは胸を張ってきっぱりと言った。

「だからこそ、東宮にもご信頼されて、宿直《とのい》を仰《おお》せつかっているのだわ」

「ああ、それはね」

　どういうのか、鷹男はくすくすと笑った。

「確かに高彬どのは仕事熱心ですから、放っておいたら先頭に立って夜盗《やとう》狩りをするかもしれ

ない。そんなことになったら、わたしも動きにくいですからね。東宮にお願いして、衛門佐どのを足止めしていただいてるのですよ」

「なんですって⁉」

あたしはぎょっとなった。

「じゃ、高彬が梨壺《なしつぼ》の警固に当たっているのは、なにも東宮に特別の信頼をされてるからってわけじゃなくて……」

「いや、信頼なさっていますよ。東宮は衛門佐どのの有能さを、誰よりもお認めになっておられる。衛門佐どのが本気になって捜索すれば、わたしの存在を突きとめるに違いないと東宮はお考えになっています。それは困るというので、梨壺に釘付《くぎづ》けになさってるわけですよ」

鷹男は懸命に弁解したけれど、ごまかされる瑠璃ではないわ。

結局のところ、高彬は騙《だま》されてコケにされているわけじゃないの。

つまり東宮がノイローゼ気味《ぎみ》で、融が斬《き》られたことを聞いて「これはわたしを殺そうとする陰謀の表れだ」とか何とか言ったというのも、みんな芝居。高彬を梨壺に足止めさせておくための嘘《うそ》っぱちということでしょう。

そうとも知らず、東宮のお守りをしている高彬が、あまりに可哀《かわい》そうだわ。

高彬が梨壺をうろうろしている今でも、重大事件は進行しつつあるというのに、あの子は何ひとつ知っちゃいないんだもの。フェアじゃないわよ。

こうしてはいられない。

このことを高彬に話して、入道の陰謀を暴《あば》かせなくっちゃ。

どうせ新婚生活が延びるものなら、せめて稔《みの》りのある仕事をしてほしいわ。

今にもお屋敷を飛び出して帰ろうとするあたしの気配を察したのか、鷹男の顔からそれまでの優しそうな表情をがすっと消えた。

「姫、この話は他言《たごん》無用と申しあげたはずですが」

「あら、あたしは別に……」

「衛門佐どのにも話してはならぬと申しあげたはずですよ」

「あたしはまだ、何も……」

「このままお帰しするのは危険だな。それならそれで、考えがありますよ」

「か、考えって……」

この鷹男という男、さすが東宮から直々《じきじき》に重大使命を拝《はい》すだけあって、いざとなると迫力がありすぎる。

あたしは殿方《とのがた》というと、年下の高彬と融、何かというと「ケッコンケッコン」と喚《わめ》くばかりのとうさましか知らないので、こーゆー迫力ある殿方に睨まれるとびびっちゃうな。

「どうするつもりなの」

「事件が解決するまで、こちらのお屋敷にいていただくとか」

「そんなの、やだもん」

「じゃあ、どなたにも口外《こうがい》しませんね。衛門佐どのにも話しませんね。お約束してくれますか」

言葉は噛《か》んで含めるように優しいのだけれど、目も表情も鋭い。

もし、あたしが高彬に話したら最後、何されるかわからない迫力があった。なんたって融を斬《き》りつけた男なのだ。

任務のためなら、人殺しくらい平気なのかもしれない。人殺しと考えたとたん、恥ずかしながら膝《ひざ》が震え出してしまった。

「どうして高彬に話しちゃ駄目なの。高彬は勇敢《ゆうかん》で、仕事熱心よ。きっと、鷹男の役に立つわ」

「衛門佐は右大臣の息子です。衛門佐がこのことを知れば、当然、話は右大臣の耳にも入る。彼は真面目といえば真面目、融通《ゆうずう》がきかないといえばきかない人ですからね」

その通りなので、あたしは思わず頷《うなず》いてしまった。

そうよねえ。夜盗《やとう》が出たというだけで、待望久しい初夜をお預けにして役所に走った正直者だもの。こんな陰謀《いんぼう》を知ったら、天下に号令して駆け回るわ。

「そうなれば、すべて極秘《ごくひ》にという東宮のお心も無になってしまうのです。おわかりですか」

「おわかりだけど……」

それにしても、このまま引き退《さ》がるのはしゃくだわ。

何より、この事件が解決されない間、高彬は梨壺に釘付《くぎづ》けになっていて、あたしたちの新婚生活はままならないのよ。

今はもう夜盗がどうのこうのという問題じゃなくて、ズバリ、入道《にゅうどう》一派が捕まらないことには初夜は迎えられない、これが現実なんだわ。

なのに、高彬は何も知らずに梨壺をうろついているだけ。事情を知っているあたしも黙って鷹男の活躍を祈るしかないなんて、そんな他人《ひと》任せでいいの⁉

あたしたちの初夜、い、いいえ、未来が！

「いいわ、わかった」

しばらく考えた末、あたしは妥協案を出すことにした。

「わかったというと、他言はしないとお約束するのですね」

鷹男も藤宮さまもホッとしたように、顔を見合わせた。

「ええ、誰にも言わないわ。その代わり、あたしを手伝わせること、それが条件よ」

「条件……」

鷹男はあっけにとられたように、まじまじとあたしを見た。その顔が不愉快そうに歪んでいる。

そんなに意外かなあ。

これくらいの交換条件、当然だと思うけどなあ。

鷹男は額《ひたい》に手をやって、ため息をつき、

「瑠璃姫は事の重大さがわかっていらっしゃらないようですね。これは、鬼ごっことは違うのですよ」

「そ。なら、いいもんね。もちろん、あたしは高彬にも誰にも言わないわ。でも、自分ひとりで勝手に調べるのは、自由だしさ」

「瑠璃姫」

鷹男はあきれたように、頭を振る。

「どうしてそう、赤子のように駄々《だだ》をこねられるんですか」

「だって、入道一派が捕まらないうちは、高彬は東宮の嘘《うそ》に騙《だま》されて、梨壺から一歩も動けないのよ。あたしたちの新婚生活のためにも、この事件は早く解決してもらわなくっちゃ。鷹男ひとりに任せとけないわ」

「新婚生活……」

あたしの気迫に負けたのか、鷹男は口ごもり、ふっと目をそらした。

やがて、諦《あきら》めたように、

「わかりました。手伝っていただきます」

とため息まじりに言い、

「こんな姫を妻にとは、衛門佐も奇特《きとく》な……」

とぶつぶつ呟《つぶや》いたのだった。

5

とりあえず、一度は屋敷に帰らなければならないというので、あたしは夜を縫《ぬ》って三条邸《さんじょうてい》に帰った。

部屋では小萩《こはぎ》と、融《とおる》までもが、心配そうにあたしの帰りを待っていた。

「瑠璃《るり》さま、あまりに遅うございましたわ。いったい、何がありましたの」

「それがさ」

あたしは用心深く、鷹男《たかお》に教えられた通りのことを言った。

「あのまま追っかけたんだけど、途中で見失って藤宮《ふじのみや》さまの二条堀河《にじょうほりかわ》邸の近くに戻ってみたのよ。で、うろうろしてたら、藤宮さま付きの女房が出てきて、何やら外が騒がしいので藤宮さまが怯《おび》えていらっしゃる、何かあったのかと聞くの。結局、堀河邸に招き入れられて、お粥《かゆ》、いやお菓子をごちそうになっちゃった」

「んまあ、というと、藤宮さまとお目通りなさったわけですの」

「そうなの。弟の夜歩きをつけてきて、ここいら辺りで見失ったとか何とか言ったら、おかしそうにお笑いになられて。すっかり仲良しになっちゃった」

「藤宮さまと仲良しになった⁉」

融が顔を真っ赤にして、叫んだ。悲鳴のような声だった。

「姉さんと藤宮さまが……」

「そうよ。とてもあたしのこと気に入ってくださったようで、今度はゆっくり遊びにいらっしゃいとまで言っていただいてさ」

「藤宮さまが姉さんに、遊びにいらっしゃいと……」

まだ信じられないのか、呆然《ぼうぜん》としている。

「で、例の男だけど」

言いかけると、ようやく我に返ったみたいだった。

「どこの奴《やつ》なんだい」

「藤宮さま付きの女房が耳打ちしてくれたんだけど、あの男、女房の恋人だってよ」

「えっ」

「すごい嫉妬《しっと》深い男で、融のことを恋敵《こいがたき》だと思って斬《き》ってしまったんだろうって。相手が大納《だいな》言《ごん》家の息子だと知って、すごくあわてたってさ」

「ほんとうに？」

「そうよ。よく考えてみなさいよ。藤宮さまともあろう御方が、身分低い男を恋人にすると思うの」

「そ、そうだけど……」

「それより、おまえ、これからは家でじっとして、文《ふみ》でも書いた方がいいわよ。藤宮さまは、女のお屋敷をうろつき回るような思いつめた殿方はお嫌《いや》らしいわ」

これ以上、融に二条堀河邸の周りをうろつかれては困る、釘を刺してくれと鷹男に言われたのである。

「これまでも、そういう思いつめた男にお庭に忍びこまれたり、うろつき回られて、すっかりご機嫌をそこねておられるって女房が耳打ちしてくれたのよ」

融は考え込むように、

「そうか。下手《へた》にぼくがうろうろしたら、嫌われちゃうかなあ……」

「たとえ下手でも、真情のこもったお歌などいただくと、女は嬉《うれ》しいものですわねなんて、藤宮さまはお話のついでに言ってらしたしね。ここは歌よ、融」

「歌か……」

「ともかく、あたしが藤宮のところに遊びに行った折には、おまえのことを話題にして売り込んであげるわ。それまで習字の練習でもしてなさいよ」

「ほんと!?　姉さん」

「ほんとほんと」

受け合うと、愚《おろ》かしいほど素直な融は浮かれ喜んで、「習字の練習をしなくっちゃ」などと言いながら部屋に戻って行った。

これで、あの子も二条堀河邸の周りをうろつかなくなるでしょう。

「藤宮さまとお親しくなれたなんて、なんという光栄でしょう」

寝所を調《ととの》えながら、小萩がうっとりしたように言う。

「いつ、遊びに参られますの」

「そのうちにね」

「ああ、すばらしいですわね」

あたしと藤宮さまが親しくなったというのを、信じて疑ってない様子だった。

こうなると、あたしが藤宮さまのお屋敷に遊びに行っても、誰も疑わないだろうな。

そして、そのお屋敷で病気になって、動かすこともできず、物忌《ものい》みが重《かさ》なって面会謝絶ともなれば、いくらでも自由に動けるというわけかあ。

鷹男の計画って、ほんとうにすばらしい。

鷹男ねえ……。

あたしは頬杖《ほおづえ》をついて、あれこれ考えをめぐらせた。

鷹男は確かに、切れ者のようだった。

融をうろつかせないために、「藤宮さまはしつこい男はお嫌いだ」と言えと知恵をさずけてくれたのも、この先あたしが自由に動くためには「藤宮さまとお親しくなって、そのうち遊びに行く」と言っておくといいと指図したのも鷹男だ。

東宮《とうぐう》に深く信頼されて、この重大任務をひとりで遂行《すいこう》しているだけのことはある。

いったい、どういう身分の者なんだろう。

「鷹男、本名でも身分でもどっちでもいいから、どっちかひとつ教えて」

帰り際《ぎわ》にそう言ったら、にやっと笑って、

「あなたの夫と似たような身分ですよ」

と言った。

左衛門佐《さえもんのすけ》の高彬《たかあきら》と似たような身分ってことは、右衛門佐《うえもんのすけ》あたりだろうか。

そう思うと、なんだか気分が晴れないというか、焦りのようなものを感じてしまう。

だって高彬の出世の競争相手じゃない。

高彬は東宮に騙《だま》されて梨壺《なしつぼ》でボサッとしているというのに、一方の鷹男は重大使命を帯びて動いているという、この差！

なんとしても、ここはあたしが頑張《がんば》って、高彬の株を上げなくてはいけないわ。

頑張るずおぉぉ！

鷹男ひとりに、手柄をたてさせてはおけないわよ。

この事件解決に、大納言家の瑠璃姫がひと役買った、あっぱれな姫よ、その姫を妻に持つ高彬の器量《きりよう》よ、と東宮に認めさせてみせる！


数日後、藤宮さまからわが大納言邸に、迎えの牛車《ぎっしゃ》が差し回された。

「珍しい絵巻物が手に入りまして、是非《ぜひ》、瑠璃姫さまにお見せいたしたいと、宮は仰《おお》せられております」

使いの女房の口上《こうじょう》に、とうさまはびっくり仰天《ぎょうてん》して、あたしの部屋に駆け込んできた。

「おまえ、藤宮さまとはお親しかったのか」

「そうなの。折々《おりおり》の季節のお歌など贈り合って、文通めいたこともしてるのよ」

あたしは、すまして言う。

「字の汚《きたな》いおまえが、藤宮さまと文通を……」

とうさまは信じられないというように、目を見張っている。

とはいえ、藤宮さまからお迎えの牛車が来ている以上、信じないわけにはいかない。

「絵、絵、絵巻物を見せたいと仰せられて、牛車までお差し向けいただいておるぞ」

「あらー、困ったわ」

あたしは眉《まゆ》をひそめてみせた。

「あたし、風邪《かぜ》気味のせいか、頭が重いの。体もだるいしさ。お断りできないかしら」

「何を言っておるのだ、おまえは！」

　とうさまは色をなして怒った。

「友だちとの野遊びを断るのとは、わけが違うのだぞ。仮《かり》にも、お相手は藤宮さまではないか。しかも、お迎えの牛車までお差し向けくださっている。このご厚意《こうい》を無にしては、バチが当たるぞ。さっさと用意なさい」

「じゃあ、小萩や他の女房を引き連れて……」

「藤宮さまが迎えの女房を三人も寄こしてくださってる。今回は、小萩も遠慮《えんりょ》させなさい。だいたい身分の低い者が、高い御方を訪ねるという時、ぞろぞろ女房を引きつれて行くなど聞いたことがない」

　とうさまはきっぱりと言った。

　かくしてあたしは供《とも》をひとりもつけず、迎えの牛車に乗った。もともと四人乗りの牛車、お迎えの女房がぴったり三人だから、小萩を同乗させるわけにいかないように仕組まれているのだ。たぶん鷹男の差しがねに違いなかった。

　車に乗る時、よろけてみせて、

「あ、熱っぽいせいかしら。足元がフラついて……」

　などと言って、芸の細かいところを見せたりした。

　これで藤宮さまのお屋敷で発病しても、とうさまも怪しまないだろう。

車はじきに、二条堀河邸に入った。

藤宮さまのいらっしゃるお居間に、案内される。

藤宮さまは、この前の夜より一段とお美しかった。

鷹男が現れるのは夜になってからなので、それまであたしたちは貝合《かいあ》わせをしたり、絵巻物を一緒に見たりして、すっかり仲良く遊んでいた。

夕方になると、使いの者がわが大納言邸《てい》に向かった。

興《きょう》がのってしまい、遅くなりそうなので二条堀河邸に泊まると伝えるためである。

着々と準備が整ってくる感じで、だんだんあたしも緊張してきた。

鷹男はあたしに、どんなお手伝いをさせるつもりなのだろう。

「瑠璃さまは勇敢でいらして、羨《うらや》ましいわ」

夜も更《ふ》けて、そろそろ鷹男が現れるというころ、藤宮さまがしみじみとおっしゃった。

「わたくしも鷹男のために役に立ちたいと思っているのですけど、臆病《おくびょう》で何もできないのです」

「まあ」

「ね、瑠璃さま、あなたも忍び込まれたお屋敷、危険なことはないのでしょうか」

「危険って、そりゃ敵のいるところですから、危険でしょうけど……」

「いいかげんに、こんな危ない仕事は他の者にやらせればよいのですわ。わたくし、東宮に何度もそう御忠告申しあげたのに、少しも聞いてくださらない。東宮はほんとうに自分勝手で、強引な御方です」

藤宮さまは恨《うら》めしそうにおっしゃって、あたしの手をそっと取った。

「鷹男にもしものことがあったら、わたくし、とても生きてはいられません。瑠璃さま、必ず鷹男を守ってくださいませね」

「あ、は、はあ……」

心配そうに、熱心におっしゃる藤宮さまの目はきらきらと輝いて、気のせいか潤《うる》んでおられるように見えた。

もしかして、藤宮さま、鷹男が……。

「女同士、何の内緒話ですか」

ふいに、鷹男が音もなく入って来た。

藤宮さまは心配そうな顔を向けて、

「あなたのことを話していたのですよ。無茶はなりませんよ、無茶は」

「大丈夫ですよ、宮」

鷹男はあっさりと、しかし優しく言う。

この雰囲気《ふんいき》、もしや鷹男も藤宮さまを……。ありうることだわ。

うーむ、そうなると融の失恋は確実だわねえ。

相手が鷹男では、万にひとつの勝ち目もなさそう。年もちょうど二十歳《はたち》前後で、藤宮さまとはぴったりだし、何より鷹男はとても大人だもの。任務のためなら危険なことなどへいちゃらで、頭も切れて、行動力もある。顔もいいし、凜々《りり》しいし、文句なしの理想的な殿方《とのがた》だもんね。

身分が今ひとつ、藤宮さまとつり合わないみたいだけれど、東宮のおために命を張ってのお仕事をしているし、これがうまくいけば、ぐーんと昇進するかもしれない。

そうか。こういう危険な任務を、たったひとりで引き受けているのも、藤宮さまの恋人として恥ずかしくないだけの身分に昇進したいという、その一念かもしれない。

「宮、これからの話は瑠璃姫とわたしのふたりきりにしてください」

「でも、鷹男、わたくしも……」

「心ならずも、宮のお屋敷を使わせていただいて、それだけで、わたしは心苦しいのです。これ以上、あなたをまきこみたくないのですよ」

あたしがぼんやりと考え事している間に、ふたりはずっと何やら押し問答を続けていた。

やがて、藤宮さまはしぶしぶお部屋を出て行った。

「宮も言うことを聞いてくださらなくて、困ってしまう。瑠璃姫といい宮といい、どうして女というのは、こう、わがままなんだろうかねえ」

嫌味《いやみ》たらしく、鷹男はちらっとあたしを見て、ため息をついてみせた。

「藤宮さまは鷹男がお好きなんじゃなくて」

言い返してやると、鷹男は絶句し、みるみる赤くなった。

ふーん。

やっぱり、そうなのね。

融も気の毒に、失恋決定だわ。

「愚《おろ》かなことおっしゃるものではありませんよ、姫」

「別に愚かなことじゃないわよ。愛する人のため、命を賭《と》して働こうというのは立派なことだわ」

冷やかしてやると、鷹男はいよいよ赤くなった。

「え、えーと、瑠璃姫にお頼みしたいのは……」

わざとらしく仕事の話に切り替えて、でも、そのとたん優しさのかけらもない鋭い表情になったのはさすがだった。

「あの五条《ごじょう》邸に入り込んでいただきたいのです」

「入り込む?」

「そうです。あのお屋敷は前左大臣《さきのさだいじん》の別邸です。目立たぬ造りのせいか、あそこを陰謀《いんぼう》の根城《ねじろ》にしているのですよ。だから、どうしても中に入り込んで、探る人がほしかった。縁の下で盗み聞きをするにも、限りがありますからね」

そう言って、表情をひきしめた。

「わたしの部下を、侍《さぶらい》か何かにしたてて送り込もうかとも思いましたが、男というのは用心されます。向こうも、東宮を廃《はい》そうという天下の一大事を企《たくら》んでいる連中で、疑い深くなっています。しかし、女なら、入道《にゅうどう》も怪しまないのではないかと思うのです」

そういえば、そうね。

何度も言うけれど、現代の女性はみーんな屋敷の奥深くに住んでいて、まともに外出もしないんだもの。

よもや、かよわい女がスパイに潜入しているとは思わないわね。

「そういう女がほしいと、実は以前から思っていたのですよ。だから、姫が手伝うと言い出した時は、内心、とても嬉《うれ》しかったのです。しかし、いいのですか。なんといっても、これは危険な仕事ですよ」

あらためて念を押されると、さすがにすぐには頷《うなず》けなかった。

この前は、鷹男ひとりに任せておけないと思って、「あたしが手伝うことが条件よ」なんて言っちゃったけれど、こうしていざ五条邸にスパイとして潜入しろと言われると、どきどきしてしまう。

確かに、これは並々《なみなみ》ならぬ危険な仕事なんだとようやく実感がこみあげてきた。

「どうですか、瑠璃姫、嫌《いや》なら断っていいのですよ。今なら、まだ間に合います」

「間に合うって、どういうことよ……」

「五条邸で、女房をひとり、捜《さが》していると聞き込みましてね。何人もの紹介者を間に入れて、姫が入り込めるようにしてあるのです」

「あたし、女房になって入り込むの？」

女房といえば、高級侍女《じじょ》。高級といえば聞こえはいいけれど、要は小間使《こま》い。できるのかしら、あたしに。縫《ぬ》いものも洗いものもしたことないし……。

「でも、お嫌なら、この件はなかったことにしてもいいのですよ。別口《べつくち》の条件のいい勤め先に乗りかえたと言って断ることも……」

「でも、ほんとはあたしに協力してほしいんでしょ」

鷹男は図星《ずぼし》をさされたというように口ごもった。

「——何度もいいますが、内偵者《ないていしゃ》は是非《ぜひ》にもほしいのです。しかし、仮《かり》にも大納言《だいなごん》家の姫君に無理なお願いをするわけにも……」

「いいわよ、やるわ」

あたしは迷いを吹っきるように言った。

手伝うと言ったんだもの、お約束はお約束よ。

怖くなったからって、今さら断るのは瑠璃じゃない。

あたしって、この気の強さが災《わざわ》いの種なのね。わかっているけれど、しようがない。

「で、あたしは何を探ればいいの」

「あのお屋敷に来る客人を、覚えてください。陰謀《いんぼう》に加担《かたん》している者がどれほどいるのか、今ひとつ、わたしは摑《つか》んでいないのです。もしかしたら、思わぬ者が入道の企《たくら》みに参加しているかもしれない」

「客かあ」

「それと、お屋敷に運び込まれた珍しいものに気をつけてください」

「なんで？」

「唐渡《からわた》りの毒薬とか、そういうものがあるかもしれない」

「ど、どく⁉」

なまなましすぎる……。

鷹男は厳《きび》しい表情で頷《うなず》いた。

「連中がどのような手を使って、東宮を廃位《はいい》に追い込もうとしているのか、それもわかっていません。以前、床下から呪《のろ》いの人形《ひとがた》が出てきましたが、そんな曖昧《あいまい》なやり方で満足しているとは思えない。確実な線をねらうなら、毒殺でしょう」

こともなげに、「毒殺でしょう」なんていう鷹男のさり気《げ》なさに凄味《すごみ》があって、あらためて、とんでもないことにかかわっているんだわという後悔が、ちらりと胸をかすめた。

6

五条邸《ごじょう》の庭の桜が、はらはらと風に散っていく。

雨が音もなく降りしきり、辺りをみずみずしく潤《うるお》している。

そんな庭の景色をぼんやりと眺《なが》めていると、『春雨《はるさめ》のふるは涙か桜花《さくらばな》　散るを惜《お》しまぬ人しなければ』という大伴黒主《おおとものくろぬし》の名歌が口をついて出てきてしまった。

〝春雨が降っているのは、桜の花が散るのを惜しむわたしの涙だろうか〟というような意味で、桜の花が散るのを惜しむ風流人の歌である。

あたしは何も、教養ある女房ぶって、こんな歌を口ずさんだわけでもないの。

しみじみ、こういう心境なんだわ。

梅の花が咲くか咲かないかというころ、高彬《たかあきら》から求愛のお歌をもらい、そこから一気に結婚話が進んで、いざ初夜という時に邪魔《じゃま》が入って、それが今、こうして桜の散る時期になっても一向に仲は進展せず、それどころかあたしは女スパイとして五条邸に入り込んでいるなんて。

季節の移りかわりが、心に染みるわ……。

「まあ、雅《みや》びだこと、三条《さんじょう》さん」

ふいに、少納言《しょうなごん》と呼ばれる先輩の女房が部屋に入って来た。

「通りかかったら、ぴったりのお歌を口ずさんでいるんだもの。感心したわ。ま、あれは殿方《とのがた》のお歌ですけれど」

そう言って、親し気にあたしの隣《となり》に座る。

「さすが、宮家《みやけ》にお仕《つか》えしていただけのことはあるわね。すっとお歌が出てくるなんて、たいしたものよ、三条さん」

「あら、そんな」

あたしは用心深く受け答えた。

この五条邸に新参《しんざん》女房として入り込んで、はや十日、さしたることもなく過ぎているけれど、悩みのタネはこの少納言かもしれない。

やたらお喋《しゃべ》り好きで、何かと暇《ひま》をみつけては遊びに来て、いろいろ話しかけてくるのだけれど、うっかり妙《みょう》な返事をして身元を怪しまれたらと思うと、気が休まらない。

まさかと思いつつ、この少納言、入道《にゅうどう》に頼まれて、あたしを探っているのじゃないかとまで勘ぐってしまう。

因果《いんが》な仕事なのね、スパイって。人間性が破壊されてしまう。

「宮家では、どの女房もみな、そんなふうだったの」

「そんなふうって？」

「つまり、お歌を詠《よ》み合ったりして、優雅だったのってことよ」

「さあ、そうでもなかったわよ」

あたしはあやふやに言った。

そんなこと知るもんかと怒鳴《どな》り返せないのが、辛《つら》いところだった。

あたしは一応、宇治《うじ》の山荘に引き籠《こも》っておられる前々帝《さきのさきのみかど》のお従兄《いとこ》に当たる宮さま、というわかったようなわからないような御方に仕えていたことになっている。

現在、七十歳にもおなりになっていようかという、都人《みやこびと》にも忘れ去られた存在の宮さまである。

鷹男《たかお》がツテを頼って、その宮さまに仕えている古参《こさん》の女房から紹介状を取ってきたのだ。

万が一、入道があたしを怪しんで問い合わせても、宮さまも古参の女房も記憶力がとみに低下しているので、ばれる心配はないと鷹男は受け合った。

そうはいっても、宮家に仕えていたという経歴のおかげで、こうも「宮家では」「宮家では」とあれこれ聞かれるんじゃたまんないわ。何も知らないいんだから。

「宮家といっても、はっきりいうと落ちぶれかけてたし、優雅だのなんだのってこともなかったのよ」

いいかげんに答えて、あとは黙っていると、少納言はため息をついた。

「三条さんって、ほんと、口数も少なくておとなしいのね。大殿《おおとの》さまは、そういう女房が好ましいとおっしゃっているけれど、なんだか面白味がないわよ」

「大殿が？」

あたしはどきりとした。

大殿というのは、この五条邸の主《あるじ》、つまり前左大臣《さきのさだいじん》にして大海入道《おおみのにゅうどう》と号している人、あたしが探ろうとしている張本人《ちょうほんにん》なのだった。

「大殿が、あたしのことなんか話題にしてるの」

どきどき、ひやひやよ。何か怪しまれているのかしら。

潜入して早々《そうそう》はあまり動き回らず、怪しまれることは避《さ》けなさいという鷹男の言いつけを、ちゃんと守っているつもりなんだけれどな。

「三条さんって、ほんとに慎《つつ》ましいのねえ」

少納言はけらけらと笑った。三条ってのはあたしの女房名である、念のため。

「あたしが、慎ましい……？」

なにを馬鹿なという思いで聞き返すと、少納言は頷《うなず》いて、

「だって新参の女房って、早く主人に気に入られたくて出すぎたことをするものなのに、そういうのがないんだもの。古くからいる女房も、三条さんのこと、なかなかいい娘《こ》だって言ってるわよ」

「そう」

「だけど、わたしは物足りないわ。このお屋敷、別邸でしょう。本宅に比べて、女房の質なん

か二の次三の次、みんな婆《ばあ》さん女房ばっかりで、若いわたしとしては居づらかったのよ」

「そういえば、若い女房って少納言さんだけだものね。あとはみんな、三十路四十路《みそじよそじ》の人ばかりで」

「でしょう？　大殿さまには好色心《すきごころ》ってないのかしら。若い女房は噂《うわさ》好きで好奇心が強くて、うっとうしいっておっしゃってるのよ」

「なるほど」

それは、よくわかる話だった。

なんといっても、人に聞かれて困る話ばかりしているんだもの。人の目や耳は気になるはず。

女房は盗み聞きがうまく、噂話が大好きだから、入道もぬかりなく用心しているのだろう。

「だから、三条さんが来て、いろんなお話ができると思って喜んでたのに、全然かみ合わないんだもの」

「ほら、あたし、宇治みたいなところでずっと暮らしてたから、都《みやこ》に慣れてないのよ」

「それにしたってさ。部屋に籠《こも》って、文《ふみ》を読んでばかりじゃない。怪しいわよー、誰からの文なの」

またも、どきっ、って感じだった。

つい三日前、鷹男からの文を読んでいる時、何の前触《まえぶ》れもなく少納言が入ってきて、肝《きも》を冷やしたことがあったのだ。

あたしが藤宮《ふじのみや》さまのお屋敷で原因のわからない熱を出して寝込み、藤宮さまが信奉《しんぽう》しておられる占術師《せんじゅつし》によると、動かすこと、人と面会することを一切禁じなければ命にかかわると出た、それ故《ゆえ》、しばらくの間、藤宮さまのところであたしを預《あず》かる———とうさまには、そういう連絡がいった。

びっくり仰天《ぎょうてん》したとうさまは二条堀河邸《にじょうほりかわてい》に駆けつけたものの、藤宮さまに強く拒否されて、結局、あたしとは会えないまま帰って行った。

胡散臭《うさんくさ》い占術だと納得がいかないようだったけれど、藤宮さまが信奉しておられる以上、口出しできなかったらしい。

そういった経緯《いきさつ》を、鷹男は書いてよこしたのである。

その文を読んで、よしよし、うまくいっているのねと安心していたら、後ろにぼうっと少納言が立っていたんだもの。びっくりしたわよ。

「あの文は、つまり、あの……」

「いいのよ、わかってる。恋人の文なんでしょ」

「え？　あ、そ、そう。そうなのよ」

冷や汗をにじませながら、言う。

「急に、こちらにお勧めすることになって、恋人にろくに事情も話さないままだったでしょう。

彼、怒っちゃって、いろいろ言ってくるのよ。あたしも言い訳するのに、あれこれ返事書いて……」

「わかってるって。女なら、誰でも経験あるわよ。三条さんの彼、そのうち通ってくるんじゃない？」

「え、ええ、そうね、そのうち……」

「気をつけなさいよ。このお屋敷の婆《ばあ》さん連中、自分に通ってくる恋人がいないせいか、やたらうるさいんだから。わたしの彼も、こんな通いにくいお屋敷は初めてだって言ってるわ。侍《さぶらい》はやたら多いしさ」

「そうね、気をつけるわ、あはは……」

「恋人、そのうち紹介してよね」

「ええ、まあ……」

おどおどと話しているところに、どすどすと足音が響いて、古参《こさん》女房の丹後《たんご》がやって来た。

「少納言、またお喋《しゃべ》りなの！　三条も、新参者のくせに、油を売ってばかりじゃないのっ」

野太《のぶと》い声で叱《しか》りつけるので、あたしも少納言もびくっとして居ずまいを正した。

「牛車《ぎっしゃ》の音が聞こえなかったの。お客さまがおいでなんですよ」

「お客さまが⁉」

あたしは思わずしらず緊張した。

お客さまというと、入道の企《たくら》みに加担《かたん》するやつかもしれない。

いよいよ、おいでなすったのね。

女房として入り込んで十日、これまでひとりの客もなく、前左大臣《さきのさだいじん》の入道じいさんはのんびりと歌を詠《よ》んだり、思い出したように経《きよう》を唱《とな》えたりする毎日で、これでほんとに陰謀《いんぼう》を企《たくら》んでいるのかと怪しんでいたのだ。

だけど、ついに客が来た。

あたしは急いで、車宿《くるまやどり》に行ってみた。

たいしたことのない牛車《ぎつしや》が一輛《りよう》とまっていて、供人《ともびと》らがざわざわと立ち働いている。供人らの服装も、ごく質素なものだった。

ひとりの男が、車から降りるところで、彼が客のようだった。

どこの者なんだろう、身分がわかりそうな衣服の色目は……と目を凝《こ》らしても、ありふれた狩衣《かりぎぬ》姿である。

どこの者にしろ、たいした身分ではなさそうだ。

のっぺりした細面《ほそおもて》は顔色も冴《さ》えないし、引っかき傷のような細い目は小狡《こずる》そうで、なんだか下卑《げび》ている。

男は何かブツブツと文句を言いながら、あたしの方を見て、ふと大きく目をみひらいた。

「こりゃ、驚いた。こちらのお屋敷で、こんなに若い女房を見るのは初めてだな。名前は？」

た。

「……三条です」

「へーえ」

すけべそうな目で、じろじろと見られて、こんなに気分が悪いのは初めてだと思ってよくよく考えたら、とうさまや融や高彬の他に、男にじろじろ眺められたことがほとんどないのだった。

入道のいる寝殿《しんでん》に案内する間も、あれこれと話しかけてきては、よろけるふりをして肩に触ったりする嫌な男だった。よほど横っ面《つら》を張りとばしてやろうかと思ったけれど、スパイの任務を思い出してなんとか耐えていた。

「おお、善延《よしのぶ》。よう来た、よう来た」

入道は男を見るなり、相好《そうごう》をくずした。よほど待ちかねていた客らしい。

「思ったより、早かったではないか」

「はっ。すべてうまくゆきまして。法珠寺《ほうじゅじ》のほうも……」

「ま、ま、その話は後でゆっくりな」

入道はす早く、話をさえぎった。

部屋の隅《すみ》にあたしが控《ひか》えているので、避《さ》けたのだ。油断ならないジイさんには違いない。

「それよりな、善延。これがあの……女房《げ》じゃ。三条と言う」

突然、入道じいさんがさも意味あり気に、あたしを紹介した。

あたしはびっくりしてしまって、一瞬、心臓が止まるかと思った。

「あの……」という含みのある言い方は、いったい何なのよー。よもや、あたしの正体がばれているのでは！

けれど、そのわりにはふたりともにこにこ上機嫌で笑いながら、あたしを見ているのだ。どういうことなのか、わけがわからない……。

「どう思う、善延」

「いや、なかなかですな。しかし、入道さまのお仕込みがしっかりしているのか、少しも靡《なび》いてくれず、がっかりしました」

「三条はよけいなことに首を突っ込まず、他の女房のようにお喋《しゃべ》りもしない。望みどおりの女房だと思っておったら、情の強《こわ》い女子《おなご》であったか」

入道は大笑いした。

「三条、こちらは左馬頭《さまのかみ》どのだぞ。今は馬寮《めりよう》というつまらぬ役職しかいただいておらぬが、なに、いずれは帝《みかど》のご信頼も得て、どこまで出世するかわからぬ者じゃ。少しくらい優しくしてもよいだろうに」

左馬頭か。

たいした身分ではない。従五位《じゆごい》というところだろうか。

それで、入道の悪巧《わるだく》みにのったのかもしれない。うまくすれば、出世できるものね。

「三条、ちと大切な話がある。退《さ》がっておれ。後でもうひとり、客人が来て、酒宴《しゅえん》になるからな。丹後によく言っておけ」

「はい」

あたしはのろのろと立ち上がった。いつまでもここにいたくて、つい身動きも鈍くなる。

ああ、ふたりの話を聞きたい。よほど重大な話だという臭いがする。今夜、酒宴をやるというのも、ほら、あれ、前祝いというやつじゃないのかしら。前祝いしたいほど、ふたりの話は重要なものに違いない。

ふたりを残して簀子縁《すのこえん》に降りたち、しぶしぶ歩き出そうとする瞬間、ちらりと横目で窺《うかが》ってみた。

左馬頭が胸元《むなもと》から、何か書状のようなものを取り出すのが見えた。

何の書状だろう!?

「どうした、三条。早く退がらぬか」

立ち止まっているあたしに気付いて、入道が苛立《いらだ》たし気《げ》に言った。

頭を下げて、大急ぎで部屋に戻ったものの、悔しくてしょうがない。

おちついて考えてみなくちゃ。

あの書状が何かわからないけれど、重要なものらしいのは確かなのだ。

それに今夜、酒宴があるという。

陰謀《いんぼう》を企《たくら》んでいる時の酒宴って、仲間の団結力を固めるとか、計画を煮詰《につ》めるとか、そういう役割があるような気がするわ。

それから左馬頭《さまのかみ》が言いかけた「法珠寺の……」という言葉もとても気になる。

法珠寺って、どこかで聞き覚えのある寺の名前なんだけど。えーと……。

ああ、もう、こういう時に限って、何も思い出せないのね。

ともあれ、にわかに忙しくなってきた気がする。何も起こらなかった十日間のつけが、今日、というか今夜、一気にくるという予感がする。虫の知らせというのかな。

鷹男、今夜、来てくれないかな。

だいたい怠慢《たいまん》なのよ。

あたしを敵地に潜《もぐ》り込ませて、それで安心したのかどうか知らないけれど、一度も来ないいんだもの。文《ふみ》を一度くらいよこしたって、どうしようもないわ。何も打ち合わせていない不安が、じわじわと胸を締めつけてくる。

あたしは立ったり座ったりして、なんとか心を静めた。


夜になっても、酒宴は始まらなかった。

主賓《しゅひん》となる客人が、まだ来ないというのだった。

ようやく亥《い》の刻《こく》（午後十時ごろ）を過ぎて、たったひとり、やって来た。

しかも、それが僧侶《そうりょ》である。陰謀と僧侶と、どういう関係があるんだろう。

それでも、よほど待ちかねた客人のようで、入道みずからわざわざ迎えに出たほどだった。

酒宴が始まり、あたしは丹後に頼んで、少納言とともにお酌《しゃく》する役をやらせてもらった。

おかげで、入道と客人の僧侶、左馬頭の三人の会話は聞きほうだいだった。

入道がしきりと、僧侶に念を押している。

「ほんとうに、明日でよいのだな。観照《かんしょう》は、会ってくれるのか」

「はい。わたしめが、いろいろと吹き込んでおきました。かなりお急ぎで、是非《ぜひ》お力をと仰《おお》せられていると」

「できることなら、観照と会って、いろいろと話してる時にのう。うまく片がついてくれるとよいがのう」

「なるほど」

僧侶は頷《うなず》いて、ちらっとあたしの方に目を走らせてきた。探るような値踏みするような、鋭い目だ。

聞き耳をたてていたのがばれたのかと思って、あわてて目を伏《ふ》せたけれど、心臓がとび出しそうなほどどきどきした。俗人の左馬頭より、よほど鋭い、隙《すき》のない目つきなのだった。ただの坊さんとも思えない。

それにしても、いったい、何の話をしているのか、さっぱりわからない。

それに、観照って誰なのか。坊さんの名前は確かだけれど、目の前にいる坊さんの名前じゃないみたいだし、どこかで聞いた覚えはあるのだ。

「三条と申したな」

僧侶《そうりょ》が話しかけてきた。

「花も盛りという年ごろかな」

「十七です」

「ふーむ。しかし盛りの花とて、いつか散るもの。そう心得られよ」

「はあ？」

「観如《かんにょ》どの、ここでそういう話は……」

左馬頭がたしなめるように声をかけると、観如という坊さんは笑って首をすくめた。

なんだか変な雰囲気《ふんいき》だった。気にしすぎかしら。

「いや、観如の言う通りですぞ、左馬頭。花は散るのが運命《さだめ》、しかし、何も知らずに散るのも哀《あわ》れ、ひとつ、いいものを見せてやろうかの」

かなりお酒が回っていて上機嫌《じょうきげん》の入道が、隣室から文箱《ふばこ》を持って来させた。

蓋《ふた》をとると、中に書状と巻紙《まきがみ》が入っている。書状は、さっき左馬頭が胸元から取り出したもののようだった。

見せてくれるのかと息をつめていると、入道が手にとったのは巻紙の方だった。書状の入った文箱は、再び、隣室に運び去られた。

書状が気になって、入道がぱっと広げる巻紙などろくに見もしないでいると、酔っ払っている入道がしきりに「見ろ」と袖《そで》を引っぱる。

しぶしぶ巻紙を見た。

和歌が十首ほど、散らし書きされている。

よく見ると、一首一首、違う筆蹟《ひっせき》のようだった。ひとり一首ずつ歌を詠《よ》み、巻紙に連書しているのかしら。

酒の席なんかで、よくとうさまたちも座興《ざきょう》でやるけれど……——

ぼんやりと歌の字面《じづら》を追っていたあたしは、しだいに顔色が変わるのを感じた。まさか、これ……。

たとえば右大弁《うだいべん》の歌、

　春の日のひかりを恃《たの》み　雪深き
　道なき道を踏み分け往《ゆ》かん

というのがある。

〝春が来たら、あたたかい日ざしになることを信じて、今は雪が降り積もっている道なき道を踏み分けて行こう〟という、春を待つ歌ではある。

そうではあるけれど、これは一方、新東宮《とうぐう》を待つ、という謎《なぞ》かけなんじゃないかしら。

『春の日のひかり』とは、ズバリ、東宮の威光《いこう》のことを言う。季節を方角で表すと、春は東になるところから、春宮と書いて『とうぐう』と読ませるくらいなのだから。

つまり、この歌は、〝東宮のご威光を信じて、わたしは耐えがたきを耐え、忍びがたきを忍んでいます〟という意味にもとれる。

他の歌もみんな、待ちわびる春がどうのこうのというのばかりだ。

これは、春の歌の連書にこと寄せた、正良親王《まさらのしんのう》の東宮擁立《ようりつ》計画に加担《かたん》した連中の連判状《れんぱんじょう》みたいなものなんじゃ……！

「どうした、三条。珍しいか」

あたしがあんまりじっと見ているので、左馬頭が不思議そうに言った。

「い、いいえ、春を待つ気分のよく出た、よいお歌ぶりだなあと拝見《はいけん》いたしました」

「そうだろう、そうだろう」

入道が嬉《うれ》しそうに言う。

そして大事そうに紙を巻いて、膝元《ひざもと》に置いた。

よほど浮かれているのだろう、こんな重要なものを人に見せるなんて。

いや、それよりも考えなければならないのは、いかにして、あの巻紙を手に入れるかということだ。あれ以上の証拠ってないわ。

だけど、下手《へた》なことしたら怪しまれるし、どうしたら……。

「あら、もうお酒がありませんわ。どうして次々と運ばないのでしょう」

あたしは思いきって、立ち上がった。

「ちょっと急《せ》かして参ります」

しずしずと部屋を出て、連中から見えないところまで来ると、一気に走って自分の部屋に行った。あとから思い出してもよくやったと思うほど手早く、墨《すみ》をすり、さっきの巻紙と似たような薄い山吹《やまぶき》色の紙を捜し出す。その料紙《りょうし》に思いつくまま、十首くらいの歌をダーッと書き散らして、ふうふう息を吹きかけて乾かし、するすると巻きあげる。

それを胸に入れて、台所に戻り、

「お酒、どんどん運んでくださいね、どんどん」

と注文したときは、さすがに疲れて声がかすれた。

入道らのいる部屋に戻り、次々と運ばれてくるお酒を、三人にお酌《しゃく》して回る。

入道も観如も、これが僧籍《そうせき》にある身かと思うほど、ぐいぐいと飲みほした。あたしが長く座を外していても不審がられなかったのは、連中がすっかり酔っぱらっていたからだった。

ふたりは泥酔《でいすい》に近く、左馬頭もかなり酔っていて、あたしや少納言の体にべたべたと触りまくる。

少納言は我慢できないというように、

「三条さん、わたし、ちょっと退《さ》がらせてもらうわ。酔っ払いって、これだから嫌《いや》よ。すぐ戻ってくるから」

と言って、体《てい》よく逃げ出して行ってくれた。

よし、いよいよだ。今しかない。

ざっと、部屋を見回してみる。

入道のちょうど斜め後ろには、燈台《とうだい》があった。細々《ほそぼそ》と火が点《つ》いていて、辺りを明るくしている。あれがもってこいだ。

あたしは燈台の近くににじり寄った。そろそろと足を伸ばして、えいやっとばかり、蹴倒《けたお》してやった。

「わ、な、なんだ!?」

燈台の倒れる音に驚いて、半分寝込んでいた入道が飛び起きた。

倒れた燈台の受皿《うけざら》の油が飛び散って、その油に火が移り、あっという間に部屋のあちこちがぶすぶすと燃え出した。

「お、大殿さま、お逃げ遊ばして！　燈台が倒れたのですわ。お逃げ遊ばして。あたしが消します、早く！」

大仰《おおぎょう》に叫ぶと、向こうの方からざわざわと女房が渡ってきた。

部屋のあちこちがポッポッと燃えているのを見て、仰天《ぎょうてん》したように悲鳴をあげる。

「あたしが消します。早く、大殿を！　お客人をお庭へ！」

円座《わろうだ》（座布団）を手にして火を叩き消すふりをしながら、大声で怒鳴《どな》った。

「三条、頼みますよっ」

丹後が金切り声をあげて、入道をひきずるようにして庭に連れ出す。

左馬頭も観如も覚束《おぼつか》ない足どりで、女房らに支えられて、よたよたと庭に逃げ出してゆく。

誰もいなくなったとたん、あたしは床《ゆか》に落ちていた歌の連書の巻紙を拾って、胸に押し込んだ。

そして、かねて用意の巻紙を出して、火で焼く。

めらめらと燃え上がって、やがて原形をとどめなくなるほど黒い燃えカスになるのを見届けてから、部屋じゅうに飛び散っている火を円座で叩き消してまわった。

証拠は手に入れたものの、そのまま焼死というのじゃ浮かばれないわ。

けれど、なかなか火が消えてくれず、ぶすぶすと燻《いぶ》って、すさまじい煙を吹きあげている。

ようやく、急を聞きつけた侍《さぶらい》どもが駆け込んできて、几帳《きちょう》を押し倒し、御簾《みす》を叩き斬《き》って消火してくれた。

自分でやったこととはいえ、煙のあまりの凄《すさ》まじさに咳《せ》き込《こ》み、青ざめて呆然《ぼうぜん》としていると、庭の方から入道や女房らが恐る恐る戻ってきた。

「火は消えたのか」

酔いも醒《さ》め果てた顔で、入道が聞く。

咳《せ》き込んでものも言えずにいると、侍《さぶらい》のひとりが代わって答えた。

「消しました。こちらの女房どのがなかなか頑張《がんば》りまして」

「よくやってくれたな、三条」

「いいえ、いろんなものが焼けてしまって。円座《わろうだ》も、高坏《たかつき》もみんな……。侍の者が来てくれなければ煙に巻かれて死ぬところでした」

ほんとに死ぬかもしれなかったと思うと、今になって恐ろしくなってきて、声が震えた。自分で言うのも何だけれど、あたしって、ほんと、前後の見境なく突飛《とっぴ》なことするタイプなのね。

「よいよい、そんなものが焼けようと、みな無事であれば」

入道がため息をついていると、左馬頭がはっと息をのむ気配がした。

「入道さま、例の、あの、お歌の巻紙はっ⁉」

「巻紙？」

入道はぎくりとしたように、酒で濁《にご》った目をカッとみひらいた。

「そうじゃ、あの、歌の巻紙はっ⁉」

「それも燃えてしまいましたわ」

おずおずと残念そうに言ってみる。

「なにしろ紙だったものですから、あっという間に燃え上がってしまって。あわてて消したのですけど……」

そう言って、粉々《こなごな》になった黒い燃えカスを指さすと、入道は死にかけた老牛のようにウォーッと唸《うな》った。喉仏《のどぼとけ》がぶるぶる震えている。ごくごくと唾《つば》をのみこんでいるらしかった。

「歌が……大事な歌の連書が……！　いざという時、みなが裏切らないよう、切り札に持っていた連書が……！」

「入道さま！」

「どう致します、入道⁉」

左馬頭も観如坊さんも青ざめて、てんでに喚《わめ》き合う。

ボヤ騒ぎで動転しているうえに、三人とも酒のために今ひとつ頭がスッキリしていないのか、収まりがつかない。

侍どもはわけがわからなくて立ち尽《つ》くしているし、老いた女房らも顔を見合わせている。

結局、その場の混乱を収めたのは古参《こさん》女房の貫禄《かんろく》を見せた丹後だった。

「大殿さま、今夜はこれでお寝《やす》み遊ばしませ。このまま立ち騒いでおりましては、異変を聞きつけて検非違子《けびいし》が様子を見に来るやもしれませぬ。そうしますと、せっかくの御酒宴の趣向も、

「興醒めでございます」

「な、なに、検非違使!?　そ、それは困る」

入道はぎょっとしたように怒鳴《どな》った。

「大事を前に、検非違使などにうろつかれては……」

「ですから、今夜はこれでお寝《やす》み遊ばしませ」

入道はしぶしぶ頷《うなず》いた。

左馬頭も観如坊さんも少納言ほかの女房らに支えられて、寝所に行く。

「後片付けは、わたしや和泉《いずみ》がしますからね。三条はもういいから、部屋にお退《さ》がり」

「あら、あたし、平気ですけど」

「いいから、お退がり。よくやってくれましたね。今夜は大殿さまもお酔いですけれど、朝《あした》にはおちつかれて、お誉《ほ》めの言葉がありますよ」

心をこめて労《ねぎら》われると、さすがに後ろめたさに首をすくめてしまう。あたしが起こしたボヤ騒ぎだものね。

ともあれお許しが出たので、部屋に戻った。

袿《うちぎ》の裾《すそ》は焼けこげ、手は赤くなっている。鏡を見ると、顔はススだらけである。角盥《つのだらい》にお湯をもらってきて、顔と手をきれいに洗って、やっと人心地《ひとごこち》ついた。

ああ、疲れた。

われながら、大活躍だったとほめてあげたいわ。

人がいないのを確かめてから、胸元《むなもと》から例の巻紙を取り出してみる。くしゃくしゃになっているけれど、充分な証拠になるはずだった。

あの時はざっとしか読まなかったけれど、いったいどんな連中が歌を詠《よ》んでいる——つまり陰謀《いんぼう》に加担《かたん》しているのだろう。

「何を読んでるんです、恋文ですか」

突然、背後で声がした。

押し殺した低い声で、凄《すご》みがある。あたしは息をのみ込み、おそるおそる振り返った。

「鷹男！」

後ろの几帳《きちょう》の陰から現れたのは、鷹男だった。いっきに緊張がとけて気が抜けてしまった。

「驚かさないで。いつ来たの」

「つい、さっきですよ。寝殿《しんでん》の方で騒ぎが起こってるようなので、見つかるとまずいと思って、ここに隠れてました」

「びっくりしたわよ、声がわからなくて。左馬頭かと思ったわ」

「左馬頭？」

鷹男はふと眉《まゆ》をよせた。

「左馬頭がどうかしたのですか」

「あいつ、妙《みょう》な目であたしを見てたし、もしかしたら疑ってて、探りに来たのかと思っちゃったわ」

「……ということは、左馬頭が今夜、来てるのですか」

「そうよ」

「ほんとうに？」

「ほんとだってば」

「左馬頭が……」

鷹男は思いつめたように、顔を強張《こわば》らせた。

長いこと、苦しそうな表情で黙り込んでいて、やがてぽつりと呟《つぶや》いた。その声は掠《かす》れていた。

「まいったな。あいつが……」

「知ってるの？」

「もちろんですよ。あなたの許婚《いいなずけ》の衛門佐《えもんのすけ》どのと同じように、東宮に忠実な者だと思っていたのだが……」

「あのう、右大弁《うだいべん》って知ってる？」

「もちろん……」

鷹男は言葉を切った。

「彼も、なのか」

よほどショックらしくて、とても切なそうだった。

あたしも、どう言っていいのかわからない。

「あのう、鷹男……」

「……いや、仲間の中に裏切り者がいるというのは、嫌《いや》な気持ちのものでね」

「元気出してよ。そりゃ裏切る人もいるけど、あたしの高彬みたいに東宮にころっと騙《だま》されて、それでも律儀《りちぎ》に梨壺《なしつぼ》を警固してる正直者もいるわ。高彬は、うえにバカがつくけど」

鷹男は小さく口元だけで笑った。

「そうですね」

「そうよ。それに、あんたみたいに、命を懸《か》けて東宮にお仕えしてる人もいるじゃない。世の中、悪い人ばかりじゃないわよ。良い人ばかりでもないけど」

鷹男はくすっと笑い、頷《うなず》いた。

よかった。気を取り直したみたい。

「ところで、寝殿で何があったのですか。こうしてみると、姫の衣もあちこち、こげているようだが」

「あ、それなのよ。実はね」

あたしは、例の巻紙を見せて、どうやら陰謀《いんぼう》に加担《かたん》している連中の連判状《れんぱんじょう》らしいこと、それを手に入れるためにボヤ騒ぎを起こしたことなんかを、面白おかしく話して聞かせた。

ところが、鷹男は何が気に入らないのか、話の途中からだんだん不機嫌になり、話し終わっても黙り込んでしまって、相槌《あいづち》も打ってくれない。

大活躍を誉《ほ》めてくれると少しばかり期待していたあたしは、拍子《ひょうし》抜けしてしまった。

「なによ。そのお歌の連書じゃ証拠にならないの」

「いや、なりますよ。姫の睨《にら》んだ通り、この歌はどれも、新東宮を待ち望む歌です」

巻紙をたんねんに読んでいた鷹男は、はっきりした声で受け合った。

「動かぬ証拠になります。歌を詠《よ》んだ連中に突きつければ、一言も弁解できないでしょう」

「なら、何を怒ってるのよ。ぶすっとしてさ。頑張《がんば》ったあたしも、気が抜けるわ」

「瑠璃姫《るりひめ》」

鷹男は巻紙を胸にしまってから、じいっとあたしを睨《にら》みつけた。いつまでも瞬きもせず睨んでいるので、あたしもつい睨み返してしまった。

「な、なによ。そんなに睨むことないじゃない。あたしが何をしたっていうのよ」

「どうして、そんな危険なことをなさったんですか。一歩間違えば、焼け死んだのですよ」

「え、だって……」

「うまくいったからいいようなものの、入道か左馬頭に見とがめられていたら、あなたの身も危《あや》うかったのに」

「そりゃそうかもしれないけど……」

「お約束してください。もう、こういう無茶なことはしない、と。でなければ、わたしも安心できない」

え？

「今の話を聞いている間じゅう、胸が早鐘《はやがね》を打っていましたよ。姫にもしものことがあったら、衛門佐どのに合わす顔が……」

鷹男はふいと黙って、何を思ったか、あたしの手を取った。ちょ、ちょっとー、な、な、なに、このアヤシゲな雰囲気《ふんいき》は……！

「姫にもしものことがあったら、わたしは辛《つら》い思いをしなければなりません」

「あ、あら、責任を感じてくれなくてもいいのよ」

あわてて手を引っ込めたけれど、あたしの胸もドキドキしてくる。はしたないわ、夫ある身で他の殿方に手を取られて、ときめくなんて。

けれど鷹男の目は優し気《げ》で、心配気で、こ、困っちゃうよー。

最近、全然高彬に会っていないし、優しくされていないから、鷹男に優しい言葉をかけられると、ついヨロメキそうになっちゃう！

いけないわ。この、しっとりとしたヨロメキ雰囲気《ムード》を変えなくちゃ。

「あ、あの、鷹男、観照って知ってる？」

あたしはわざときびきびした口調で言った。

「観如って坊さんが来てて、やたら観照って人のことを話してるの」

「観照、観如、ともに知っていますよ。観照は、東宮が御信心なさっておられる高僧です。観照のために、法珠寺という寺を建立《こんりゅう》なさったくらいです。観如は観照の一番弟子で、同じく法珠寺の僧侶《そうりょ》です」

「そうよ、それだ。法珠寺がどうのこうのって言ってたもん。あれ……」

ふと、ひらめくものがあった。

「法珠寺の観照って、もしかして、有験《うげん》の僧じゃない？」

「そうですよ」

有験の僧、すなわち祈禱僧《きとうそう》である。

現代は病気になったりすると、祈禱僧に加持祈禱《かじきとう》を頼むのが普通だった。

あまたいる祈禱僧の中には、荒行《あらぎょう》を重ねて、すさまじい霊験《れいげん》をもつ僧もいる。

法珠寺の観照といえば、すばらしい神通力《じんつうりき》で有名な僧だったんだわ。どうりで、聞いたことある名前だと思った。

「その坊さんまで、今回の陰謀《いんぼう》に加わってるのかしら」

東宮が信心なさって、お寺まで建立してあげた僧までも裏切っているなんて、あまりにひどい話に思えてくる。東宮はそんなに人望のない方なのかしら。

鷹男も信じられないというように、

「観照に限って、まさか……」

と呆然《ぼうぜん》としている。

「わかんないわよ。お金積まれて、東宮を呪《のろ》い殺すのを承知したのかもしれないわ。なんたって、霊験あらたかなお坊さまだし」

「しかし……」

鷹男はしばらく俯《うつむ》いて何やら考え込んでいるようだったけれど、やがて顔をあげた。

「ともかく観照の名が出たのですね。調べてみます。他には何か？」

「左馬頭が入道に書状を渡してたのよね」

「書状？」

「うん。その連判状《れんぱんじょう》と一緒に文箱《ふばこ》に入ってたぐらいだから、重要なものなんだわ」

「書状か。何だろう」

「いくらあたしでも、二日続けてボヤ騒ぎを起こして盗み取るってわけにも、いかないしね」

「そんなことしては駄目ですよ！」

鷹男はぎょっとしたように言った。

「そんなことをしなくても、書状はなんとかして、わたしが手に入れます。瑠璃姫は、もう何もしなくてよいのです。充分なことをしてくださいましたよ」

確かに、自分でも頑張《がんば》ったと思うわよ。

「証拠も手に入ったし、新しい情報もある。できることなら、姫をこのまま連れて帰りたいくらいですよ。この屋敷においておくと、どんな危険なことをしでかすかわかりませんからね。しかし、ボヤ騒ぎがあったその夜に、新参《しんざん》の女房がいなくなったとなれば、入道らも用心するようになる。もう少し、そ知らぬふりをして、ここにいてください」

「そりゃ、いるけど」

「わたしも、一刻も早く、この件を片付けたい。姫をこれ以上、危ない目に遭《あ》わせないためにも……」

そう言って、ふっと黙り込んだ。

な、なんか意味あり気《げ》な、この間《ま》あいはなに━っ。

うわ━ん、不倫《ふりん》のトキメキを覚えてしまうよ━。まだ事実上の人妻になっていないのに、不倫ってのもおかしいけれど。

「瑠璃姫、もう一度、お約束してくれますね。決して危険なことはしないと」

「約束するけどさぁ……」

「あなたにもしものことがあったら、わたしは自分を責めなければなりません。あなたをこの件に引っぱり込んだのは、わたしなんですから」

「そういうわけでもないわよ。あたしも好奇心が強いし、高彬にほうっておかれて淋《さび》しかったんだしさ」

「……衛門佐どのが羨《うらや》ましい。あなたのような姫を妻にされて」

「まだ、妻ってわけでもないけど……」

初夜が流れたことを思い出してブツブツ言うと、鷹男の目がかすかに光った（ような気がした）。

「まだ妻になっていないというと、あの……」

「ま、その、いろいろとあって、つまり……」

話が妙《みょう》な方に行っちゃったな。

こういうことを呑気《のんき》に話している状況ではないと思うんだけれど。

「あなたと衛門佐どのは、まだ……？」

「……心は妻よ、心は。しっかり」

「ということは、わたしにも機会があるかもしれないということですね」

「！」

あまりにあからさまな言葉に、あたしは絶句してしまった。

鷹男って、人妻に強いタイプだわ。絶対にそう。藤宮さまも未亡人だし、マダムキラーなんだ。

気をつけなきゃいかんと思うけれど、なんといっても顔がいいし、凜々《りり》しくて、ぜんぶ好みのタイプだから困るよー。

「今は、そういうことを話してる時じゃないと思うけど」

気をとり直して説教じみて言うと、鷹男もてれたように笑った。

「そうでしたね。今は、こんなことを言ってる時ではない。では、この続きは、この件が解決した後で……」

「はあ?」

びっくりして聞き返した時には、鷹男はすばやく部屋を出ていた。

うーん、できる男は、去り際《ぎわ》もみごとだわ。

あー、なんだか、気分が華《はな》やいでくるわね、こういう展開って。

夫の知らないところで、夫とは全然別のタイプの殿方《とのがた》と秘密のお仕事しているうちに、心が揺れてしまうなんて、できすぎた話だわ。ドラマな感じ。

ふっふっふ、こういう雰囲気《ふんいき》を楽しむくらい、いいわよね。気分が若返るもん。

なにがどうあろうと、あたしが高彬を好きだっていうのは変わらないんだから、少しくらいは他の殿方にドキドキしたって高彬は怒らないわよね。あー、めいっぱい春、って感じだなあ

——などと浮かれている間にも、東宮をめぐる陰謀《いんぼう》はゆるぎなく進展して、やがてあたしをも巻き込んでいくのだった……。

7

翌日、目覚めたのはお昼過ぎだった。

ボヤ騒ぎの疲れやら、鷹男《たかお》のことやら考えていて寝そびれてしまい、結局、寝入ったのは朝方だったのだ。

新参《しんざん》の女房としては許されない失態なので、あせりまくって衣裳《いしょう》を整え、丹後《たんご》の部屋に言い訳に行った。

「あら、起きたの」

縫《ぬ》い物をしていた丹後が、穏《おだ》やかに言った。

「まだ起きないようなら、そろそろ起こしに行こうと思っていたところなのよ」

「あのう、寝すごしてしまってすいません」

「いいのよ。大殿《おおとの》さまのご命令なの。疲れているだろうから、ゆっくりさせろって。どれ、大殿さまにご報告してこなきゃ」

「ご報告？」

「三条《さんじょう》が起きたら知らせろという仰《おお》せなのよ。何か頼みたいことがおありらしいわ」

「頼みたいこと……」

何だろう。

丹後が、あたしが起きたと告げに行って、じきに入道《にゅうどう》に呼ばれて御前《ごぜん》に参った。

ボヤで歌の巻紙が焼けたショックのためか、少し顔色が冴《さ》えない。

それでも、あたしを見ると笑顔をつくって、

「おうおう、三条。昨夜はよくやってくれたな。あんなことがあって、おまえがどれほど頼《たよ》りになる女房か、よくわかった」

いやに愛想《あいそ》よく言う。

あまりに愛想がいいので、あたしは用心して身構えた。

この入道じいさんは、女房なんかにお世辞《せじ》を言う人間ではない。ウラに、何かありそう。

「そこで、おまえを見込んで頼みがある」

入道の顔が厳《きび》しくなった。

おいでなさったとばかり、あたしは腹を据《す》えた。

「なんでしょうか」

「実は、つい今しがた、観如《かんにょ》どのが帰られたのだが、あるものをお預《あず》けするのを忘れたのじゃ」

「あるもの……」

「法珠寺《ほうじゅじ》の観照《かんしょう》どのに、是非《ぜひ》、内密でお渡しせねばならぬものでの。人を介《かい》して渡したのでは

不都合《ふつごう》があるので、昨夜、一番弟子の観如どのに来てもらったのだが、あの火事騒ぎですっかり動転してしまった」

「はい」

「かといって、気やすく人に頼めるものではない。しかし、三条なら安心じゃ。やってくれるな」

「あたし、何をすればいいんですか」

「これを、観照どのに手渡してもらいたいのじゃ」

そう言って、手元の文箱《ふばこ》から出したのは、なんと、例の書状だった。

「それ……！」

あたしは思わず、中腰になった。

あの意味あり気《げ》な書状を、法珠寺の観照に持っていく……。

これはただの使い走りの用事ではない。

正良親王《まさらのしんのう》の新東宮擁立《とうぐうようりつ》にかかわる陰謀《いんぼう》と、なんらかの関係があるはずだった。

「どうした、三条。何か都合が悪いのか」

「いえ、ただ、あまりに大切なものらしくお見受けして、あたしのような者で使いが務《つと》まるのかと……」

「おまえのような者だからこそ、頼めるのじゃ」

よほど、昨日のボヤ騒ぎでのあたしの活躍に感動しているようだった。

入道は細長い文箱を持ってこさせて、書状を用心深く入れ、紐《ひも》を結んだ。

「よいか。くれぐれも気をつけて届けてくれ。人の命にかかわると思ってな」

「人の命に……」

あたしはもっともらしく文箱をおしいただきながら、心の中でアカンベをしてやった。

願ってもない機会《チャンス》、瓢簞《ひょうたん》から駒《こま》、棚《たな》からボタモチってこれを言うんだわ。

何が書いてあるかしらないけれど、ともかく重要なものなのは確かよ。あの巻紙と一緒にあったくらいだもん。

持ち逃げして、そのまま藤宮《ふじのみや》さまのお屋敷に駆け込んでやろうかしら。

「おまえが無事、法珠寺まで届けられるよう、侍《さぶらい》を四、五人、供《とも》につけてやるからの」

「え」

「人目に立ってはまずいので、離れて警固させる。安心するがよい」

「……」

なんとも言えず、あたしはがっくりと肩をおとした。

武術に長《た》けた侍をまいて持ち逃げするなんて、とてもできそうにない。

しかし、たかが届け物に護衛をつけるなんて、いよいよただの書状ではないわ。

一刻も早く、何が書いてあるのか見たいものだと気持ちもうわずってくる。

「さ、行ってくれ。よいか、必ず観照どのに、じかに手渡すのじゃぞ。寺の小坊主《こぼうず》なぞに預けて帰って来たりしたら、許しおかぬぞ」

「はい」

「それにな。渡す時は、〝ご連絡しておいた者の使いで参りました〟と言ってな、わしの名を出してはいかん。わかるな」

「大殿さまの名前を出さないのですね」

「そうじゃ。くれぐれも頼むぞ」

入道はくどいくらいに念を押した。

あたしは用意されてあった車に乗り込んだ。かなり品《しな》の良い半蔀車《はじとみぐるま》である。

牛飼童《うしかいわらわ》の牛をはげます声がして、車は五条邸《ごじょう》を出た。

半蔀《はじとみ》の戸をそっと開けて、後ろを窺《うかが》ってみる。十丈《じょう》（約三十メートル）ほど離れて、馬に乗った侍《さぶらい》ふたりと徒歩《かち》の侍ふたりがついて来ている。

まるで護衛というより、見張り番といった方がふさわしい警固ぶりだった。

ま、いいわ。そんなことより、問題は書状よ。

持ち逃げすることはできなくても、何が書いてあるかはゆっくり調べられるというもの。入道も、大切な書状を持たせた女房が、よもや東宮側のスパイとは思わないだろう。

あたしの察するところ、観照に東宮の呪詛《じゅそ》を依頼する文書ではないかと思うのだ。神通力《じんつうりき》抜群の観照に、東宮を呪《のろ》い殺させる。観照だって人の子、お宝を山積みされて頼まれれば、ついフラッと承知してもおかしくない。

東宮を呪詛するなんて、帝《みかど》を呪詛するのと似たようなもの、謀叛《むほん》の大罪よ。入道の陰謀《いんぼう》を暴《あば》く絶好の証拠になるわ。

あたしは意を決して、文箱《ふばこ》の紐《ひも》をほどいた。

書状を取り出して、広げてみる。

あの巻紙のように、歌を散らし書きしてあるわけではなく、一面、ごちゃごちゃと字が書かれている。

けれど、あたしが首をひねったのは筆蹟《ひっせき》だった。あの入道の筆蹟ではないのは、ひと目でわかる。

別に、入道の筆蹟を知っているわけではないけれど、あのジイさんが書くにしては若々しい、男らしすぎる手蹟《て》なのだった。

そもそも現代では、筆蹟というものをとても重要視している。何をするにもお歌や文《ふみ》がものをいうし、また唯一《ゆいいつ》の伝達手段なだけに、重味があるのだ。

教養のあるなし、人柄、趣味といったことまで筆蹟で判断するのが普通である。だから、書く方も筆蹟を大切にするし、読む方も筆蹟からいろいろなことを読みとる訓練を日ごろからしている。

筆蹟《ひっせき》を見て、男か女か、若いか老人かぐらいの区別は、十歳の童《わらわ》にもできるのだ。

この書状の筆蹟は、若くて豪放な性格の、身分卑《いや》しからぬ殿方《とのがた》のものだった。ただし、急いだのか緊張したのか、ところどころ筆の乱れもあって、そこだけ妙《みょう》に品がない。

おかしい。入道が書いたものではないとすると、あの左馬頭《さまのかみ》が書いたものかしら。

筆の乱れの部分は、いかにもあの男のものらしいけれど、他の部分は立派な筆蹟で、とても左馬頭あたりの書く字とも思えないのだけれど。

ともかく全体の印象を摑《つか》んだところで、内容をあらためることにした。

といっても、さすが殿方の書いた文だけあって漢文まじりで、とてもすんなり読み下《くだ》せない。

仕方ないので字を拾い読みをしながら、読み進むうちに、書状を持つ手が震えてくるのがわかった。

冷や汗、あぶら汗がどっと吹き出てきて、じっとりしてくる。

この書状……これは!?

あたしは我が目を疑った。読み間違いか勘違《かんちが》いではないかと、何度も何度も読み直してみた。

けれど、「先《さき》に頼み参らせし祈禱《きとう》の験《あらた》なる兆《しるし》」だの「今上《きんじょう》、いと篤《あつ》しくなり給《たま》えば、さらなるを頼み参らす」だのという文章がはっきりとある。

つまり、前々から頼んであった祈禱の効き《き》目があって、帝の御病気は悪化している、これからもいっそうの祈禱を頼む――――と、そういう事が書かれてあるのだった！

あまりといえばあまりのことに、一瞬、目の前が真っ暗になってしまって、何も考えられなかった。

畏《おそ》れ多くも今上陛下の崩御《ほうぎょ》を促《うなが》す呪法《じゅほう》を頼むとは、なんという大罪、なんという謀叛《むほん》！

この宮廷社会、この現代において、これ以上の罪はないというくらい、子々《しし》孫々《そんそん》に至るまで未来永劫《えいごう》消えない罪、それが謀叛である。

しかも、あたしの心臓を凍《こお》らせたのは、この書状の最後にある墨痕《ぼっこん》鮮《あざ》やかな署名だった。

どう目を凝《こ》らしても、宗平《むねひら》、と読めるのだ。宗平といえば、東宮さまその人の御名ではないの！

東宮さまが観照に、帝《みかど》を呪詛《じゅそ》するよう頼んでいるなんて、そんなことがあるだろうか。

そりゃあ帝が崩御あそばせば、東宮さまが次代の帝となられるわけだけれど、なにも呪詛までしなくたっていいではないの。待ちきれないのかしら。

帝を呪詛しているのがばれたら、東宮の地位を逐《お》われるだけではなく、罪人として太宰府《だざいふ》かどっかに流されちゃうのよ。

そうよ、こんな書状が天下に晒《さら》されたら、東宮さまは一巻の終わりよ。

あたしはふと鷹男を思い浮かべた。

あの鷹男を密使《みっし》にして入道の悪巧《わるだく》みを探らせるほどの才覚がおありになる御方のはずなのに、どうしてこんな馬鹿なことを！

これでは、まるで入道の思うつぼじゃないの。入道がこの書状を手に入れたら、東宮さまにとってはまさに命取りに………ん？

なんか、妙《みょう》な感じ。

待って。なんか変、よ。

どうして、こういう重大な東宮の秘密文書が、入道の手の中にあるわけ？

東宮の身辺にスパイを放って、盗み出させたのかしら。あの左馬頭が盗み出したのかしら。けれど、こういう㊙《マルヒ》文書が盗み出されたら、東宮もおあわてになって、側近《そっきん》に捜《さが》させるはず。

鷹男がどういう身分の者か今ひとつわからないけれど、彼こそ側近中の側近と見ていいわ。けれど昨夜《ゆうべ》の鷹男は、何かが盗み出されたなんて、ひと言も言わなかった。

待って待って。

臭うわ。すごく臭う。

そうよ、この書状を東宮の御直筆《ごじきひつ》と思うから、話がややこしいのよ。

たとえば、これが偽造された東宮の書状だったとしたら、どうだろう。世に能書家《のうしょか》や巧《たく》みな者は多いもの、筆蹟《ひっせき》を真似《まね》ようとすればできないことはない。

品のある堂々とした字ぶりが東宮の筆蹟の真似で、筆の乱れと思える下品な部分が偽造者の本来の筆蹟だとしたら……。

入道は東宮を陥《おとしい》れるために、こんな偽《にせ》書状をつくらせたんじゃないかしら。

そう、ありうるわ。

しかも、この偽書状をすぐに朝廷に届けたのでは、今ひとつ信憑性《しんぴょう》に欠ける。東宮と対立関係にある入道が届け出たところで、どういう経路で手に入れたかとか調べられたら、アウトだもの。

でも、こういう書状を、身元を隠したいわくあり気《げ》な女を使って、観照に届けさせたらどうだろう。

観照の方でも、後釜《あとがま》をねらう野心的な弟子に騙《だま》されていて、その使いの女を東宮の密使だと誤解していたりして。

女は入道の名を出さず、「ご連絡しておいた使いの者です」とか言って、書状を手渡そうとする。

女が観照に書状を手渡しているその時に、密告を受けていた役人が踏み込んだとしたら？

観照は東宮と親しい有験《うげん》の僧、その僧に帝の呪詛《じゅそ》を依頼する東宮の書状がある。当然、東宮に謀叛《むほん》ありと判断されるだろう。

この方法だと、入道が書状にかかわっている疑いはもたれない。密告も、何人もの人を介《かい》して行えば、入道の存在がばれる気遣《きづか》いはない。

毒を使わなくても、刺客《しかく》を送り込まなくても、実にきれいな、そして確実に、東宮を廃《はい》することができる手だわ。謀叛《むほん》の罪という、毒より効き目のあるもので、東宮の息の根を止めることができる……――

そこまで考えて、あたしは確信した。

すべてがぴったりと符合《ふごう》する。これに間違いなかった。

あたしは今、東宮を陥《おとし》いれる入道の陰謀《いんぼう》に、知らず知らずのうちに加担《かたん》させられているのだった。

「小丸《こまる》、小丸や」

いてもたってもいられなくて、牛飼童《うしかいわらわ》の名を呼んだ。

「どうしました」

「考え事するから、車を止めて。こうガタガタ揺れちゃ、考えがまとまらないわよ」

「はあ?」

「道の端《はし》によせて、止めなさい」

「はい」

車が止まった。

さて、どうしたもんだ。

こういう時に鷹男にいてほしいけれど、あの人、昼間は昼間なりに本業の役職があるらしくて、夜しか出没《しゆつぼつ》できない。

ここは、自分で判断して対処するしかなさそうだった。

このまま観照のところに、この書状を持って行っていいものだろうか。

けれど、そこを検非違使《けびいし》に踏み込まれたら、なんて言えば……。

あら。

あたしはまたまた、首をひねった。

たとえ検非違使や役人に踏み込まれても、あたしがひとこと、

「前左大臣《さきのさだいじん》、今は大海入道《おおみのにゆうどう》にお仕えしている女房です。今日は入道のお使いで参りました」

と言ったら、それで片がついてしまう。

そうなったら、東宮を陥れるどころじゃなくて、入道の首が危なくなるわ。

入道って馬鹿ね。そういうこと考えなかったのかしら。

「三条どの、どうなさったのです」

突然、車の外でドスのきいた声がして、あたしは飛びあがるほど驚いた。

おそるおそる半蔀《はじとみ》の戸を開けて外を見ると、馬に乗った侍《さぶらい》が車に身を寄せ、射るようにあたしを見ている。

「こんなところで止まったりしては、人目に立つではありませんか。早くお行きください」

「あ、あの、あたし、少し頭痛がするのよ。それで止めてもらって、休んでたの」

「頭痛？」

「そうよ。それにお腹《なか》も痛いの。お屋敷に戻ろうかしら」

「駄目です！」

侍《さぶらい》はぴしりと鞭《むち》を打つように言った。

「このまま、法珠寺まで行っていただきますぞ、なんとしても。大殿のご命令です」

「なんとしてもって……」

「ご案じなさいますな。頭痛でお悩みになるのも、そう長いことではありませんから」

「!!」

侍はにやりと下卑《げび》た笑いを浮かべ、牛飼童《うしかいわらわ》に早く行くよう顎《あご》をしゃくって合図した。

車はのろのろと動き出した。

あたしは恐ろしさのあまり腰が抜けたようになって、しばらく身動きもままならなかった。

侍が「頭痛でお悩みになるのも、そう長いことではありません」と言った瞬間、なぜだか直感してしまった。

たぶん、このままだと、あたしは殺される！

そうよ、観照に書状を手渡した時に踏み込んでくる役人、その中には入道の手の者がまぎれ込んでいるかもしれない。

そして、どさくさにまぎれて、あたしを殺す段取りになっているんじゃないかしら。

そうなれば、あたしが「入道に頼まれて、お使いで参りました」と言う心配はないんだもの。

それどころか、逃げようとしたのでやむなく斬《き》った、東宮の手足となって働く婢女《はしため》に違いないとか何とか、それらしい理由がつけられるかもしれない。

死人に口なしって言うものね。

今になってみれば、入道めが左馬頭にあたしを「あの……女房だ」と言ったのは、このためだったかもしれないと思い当たるわ。この女を利用すると、左馬頭に知らせていたのだ。

あの観如坊主《ぼうず》だって、「盛りの花とて、いつか散るもの」とか何とか言っていたのは、これだったのよ！

こうしてみると、入道の五条邸《てい》が新しい女房を捜《さが》していたというのは、この陰謀《いんぼう》のために利用して、いずれ死んでもらう女を捜していたのだと思い当たる。

長年使っている女房を使者にしては、入道とのつながりが見えてしまう。入道との関わりを極力消すためには、新参《しんざん》の女房が必要だった。

そうとも知らず、あたしはスパイで潜入した気になって、浮かれていたんだわ。

ああ、どうしよう、どうしたらいいのよ！

このままじゃ法珠寺についてしまう。

観照に会って、この陰謀《いんぼう》を説明して対策を練《ね》る時間があるかしら。

でも、そこに検非違使《けびいし》らが踏み込んできて、入道の手の者に問答無用で斬《き》られたら救われないわ。

今すぐ車から飛び降りて逃げようにも、侍《さぶらい》が見張っている。あの連中、あたしの護衛なんかではなくて、正真正銘《しょうしんしょうめい》、あたしの見張り役なのだ。

やだよー、陰謀に加担《かたん》するのも嫌《いや》だし、殺されるのはもっと、やだ。

なんとかしなくちゃ。

でも、どうしたらいいのよ！　懐剣《かいけん》もないのよ！

「三条さん、法珠寺です」

無情にも、牛飼童《うしかいわらわ》の声がした。

「これから東門をくぐって、車宿《くるまやどり》に寄せます」

体じゅうがじっとりと汗ばみ、緊張のあまり声も出ずに座り込んでいると、聞き覚えのある声が響いてきた。

観如の坊さんだった。

「おお、三じょ……いや、御使者《おししゃ》が来られましたか。ささ、早くお降りさせ申せ」

声がうわずっている。

観如は観如で、これから始まる大陰謀に緊張しているのだろうか。

あたしは文箱《ふばこ》を抱《かか》えて震えていたけれど、いつまでも車に籠《こも》っているわけにもいかない。寺の小坊主《こぼうず》が簾《すだれ》を上げて、あたしが車を降りるのを手伝おうとしているようだった。

小坊主を見たとたん、ひらめくものがあった。

あたしは意を決して、車を降りた。

降りるか降りないかのうちに、牛飼童は車ごと帰ろうとする。きっと入道に言い付けられているのだろう。あたしが入道と関わりのある人間だということは、知られたくないんだものね。

「あら、帰るの、小丸や」

あたしは大声で言った。

小丸はぎくっとしたように首をすくめ、あたしの後ろにいる観如がはっと息をのむ気配がした。

「前左大臣《さきのさだいじん》、大海入道さまに、三条は無事、法珠寺に着いたとお伝えしておくれ。大殿さまに頼まれた書状は必ず観照さまに手渡しますから、ご安心をとね」

小丸は返事もせずに、転がるようにして門を飛び出して行った。

くるりと振り返って観如を見ると、顔色が変わって、ゾッとするような悪相《あくそう》である。

ともすれば縮みあがる心臓をなだめすかして、あたしは頭を下げた。

「昨夜は、お屋敷内で不都合《ふつごう》がありまして、まことに申しわけないことでございました。前左大臣にして今は大海入道さま、たいへんお気に病《や》んでいらっしゃいました」

観如はろくにものも言えない。

あたしは続けて、

「本日は、大殿さま御名代《ごみょうだい》として、大殿さまより書状一巻、お届けにあがりました。必ずや観照さまに手渡すようにと申しつけられております。よろしく観照さまにお取り次ぎくださいませ」

前左大臣、大海入道、大殿といった言葉を連発して、何も知らないであろう小坊主どもに覚え込ませてやるつもりだった。

やい、小坊主ども。

あたしが来たのは入道の命令なのよ、それをよく覚えておくのよ。

観如が苦々《にがにが》し気《げ》に言った。

「御使者どの、こちらへ」

内心はあわてふためいているのが、よくわかる狼狽《ろうばい》ぶりだった。

あたしは、小さな房《ぼう》（部屋）に案内された。

「観照さまは？」

「上人《しょうにん》さまは、急用でお出かけです。じきに戻られるので、それまでお待ちくだされ」

観如はそう言って、あたしを睨《にら》んだ。

「御使者どの、口の軽《かろ》きは禍《わざわい》のもとですぞ。散り急ぐ花はにくきもの、と申します」

あからさまな脅迫《きょうはく》だった。

〝ペラペラしゃべると、ひどい目に遭《あ》うぞ。そんなに死にたいのか〞と言っているようなものだ。

びびってしまって憎まれ口を返す気にもなれずに黙り込んでいると、観如はせかせかと房を出て行った。ひどく取り乱しているようだった。そんなに、入道の名前を出したのがショックなのかしら。

それとも、何か予定外のことでも起こって、あわてているのかな。

そういえば、観照が出かけているって言っていたけれど……。

「ちょっと、そこな小者《こもの》」

あたしは簀子縁《すのこえん》に控《ひか》えている小坊主を手招きした。

「観照さまはどうなさったの」

「はい。東宮さまの急のお召《め》しで、先ほど参内《さんだい》いたしました」

「東宮の?」

東宮が急に、観照をお召しになった……。

たぶん、鷹男のさしがねだわ。

この陰謀《いんぼう》に観照の名が出てきたので、東宮にお知らせして、取り調べるために参内させたのだろう。

「あのう、女房どの」

　小坊主がおずおずと言った。

「女房どのは、東宮さまの御使者《おししゃ》ではないのですか」

「東宮さまの？　違うわよ。前左大臣《さきのさだいじん》にして今は大海入道さまの御使いで参ったのです」

「しかし、観如さまは……」

　小坊主は不思議そうに首をひねった。

「観如さまが、今日は東宮さまの極秘《ごくひ》の御使者が参られると、何日も前からおっしゃっていたのです。なのに、当日になって御使者が参られるのではなく、お召しがあったので、われわれ寺の者はすっかり驚いてしまいました。観如さまはこれは何かの間違いだと、参内《さんだい》なさろうとする観照さまをお止めになるし、大騒ぎだったのです」

「なるほどね」

　そうか。やっぱりね。

　観如にとっては思いがけないことで、さぞかし驚いただろう。

　ふーむ。こうなると、入道一派の出方がおもしろくなるわ。

　今ごろ、入道のところに、この知らせが行っているだろう。あたしが来るのと、入れ違いになったのかもしれない。

と、遠くで馬の蹄《ひづめ》の音がした。どうやら境内《けいだい》に、馬で乗り込んだ者がいるらしい。

「どこの乱暴者かしら。馬などに乗ってくるのは」

馬に乗るのは侍《さぶらい》とか、牛車《ぎつしや》の使用を許されぬ身分低い者なのである。

「観如さまのお知り合いでしょう。たびたびいらっしゃいます」

小坊主が何気なく言った。

そのとたん、ひらめくものがあった。左馬頭じゃないかしら!?

東宮が観照を急にお召しになったことで、今日の陰謀が総くずれになったようなものだもの。あわてて駆けつけてもおかしくない……。

そう思うと、じっと座っているなんてできず、小坊主を脅《おど》して観如の部屋のあり処《か》を聞き出した。

入道から預かった偽《にせ》書状を胸元の奥深くにしまい込んで、そっと簀子縁《すのこえん》に降りる。

観如の部屋は僧房《そうぼう》の中でも日当たりのよい南にあって、下っぱの僧などはみだりに立ち入れないという。人目がないのを幸い、忍び寄った。

ところが歩き進むたびに、さやさやと衣《きぬ》ずれの音がする。無理もない話で、あたしは十二単《ひとえ》の正装なのだ。

これでは、観如どもに気付かれてしまう。

唐衣《からぎぬ》を脱《ぬ》ぎ、表着《うわぎ》を脱ぎ、袿《うちぎ》も脱いで打衣《うちぎぬ》姿になり、長袴《ながばかま》の裾《すそ》をまくりあげて紐《ひも》で結んだ。

実にもう、女としてはあられもない格好だけれど、背に腹は変えられない。いざという時逃げ出すためにも、身軽でなくちゃ。

観如の部屋に近付いたところで、簀子縁《すのこえん》を降り、以前のように縁の下にもぐる。

四つんばいになって、そろそろと進むうちに、人の声に行き当たった。うまく観如の部屋の真下に来たらしい。

しばらく耳を澄ますうちに、だんだん話し声が聞き分けられた。

客はやはり左馬頭らしく、きいきい声で喚《わめ》いている。

「だから、こっちから洩《も》れたのではないかと言ってるんだ。われわれからは洩れようがない。寺の者が、うかつに何かを洩らして、それが東宮のお耳に……」

「何を言われる、左馬頭どの！　この計画を知っているのは、わたしひとりだ。わたしが裏切ったとでもおっしゃるのか。あなたたちは東宮を、わたしは観照を除きたいばかりに手を組んだのですぞ。東宮が、観照に帝《みかど》の呪詛《じゅそ》を頼んでいたとなれば、ふたりとも罪は免《まぬが》れないと入道さまがおっしゃるから……！」

「その通りだが……」

「なのに、この期《ご》に及んで裏切ったとお疑いとは、いかなることか。これに失敗すれば、わたしの首はない。その覚悟でいるものを！」

「し、しかし、ならば、どこから洩れたのだ。今朝《けさ》、東宮はわたしや右大弁《うだいべん》、前相模守《さきのさがみのかみ》、中《なか》務少輔《つかさのしょう》などを召して、公子女御《きみこにょうご》の御為《おんため》に楽《がく》を奏《かな》でよと仰《おお》せられた。朝にだぞ。しかも、召された者はことごとくこの計画の仲間ではないか。みな青ざめていたが、笛の者、琵琶《びわ》の者と奏《そう》すうちに、歌が欲しいと仰せられる。みなで一首ずつ、連書してはどうかと仰せられたのだ。右大弁などは血の気《け》を失って、倒れてしまった。そこに、観照どのが参られたと女房が言うのだ。東宮は笑《え》まれて、楽を続けよ、許しがないうちは止《や》めてはならぬと言い置かれて、観照と別室に籠《こも》られた」

「なんと……！」

「何をどう命じられているのか、左衛門佐高彬《さえもんのすけたかあきら》や、右衛門督《うえもんのかみ》までが現れて、あたかもわれらを見張るがごとくだった。わたしは隙《すき》を見て、抜け出してきたのだ」

「では、他の方々は？」

「今でも、梨壺《なしつぼ》の庭で馬鹿面《ばかづら》を下げて演奏しておるわ。とても靫負庁《ゆげいちょう》（検非違使《けびいし》の役所）に投《な》げ文《ぶみ》をするどころではない」

「となると、例の女が観照に書状を渡している時に、検非違使が踏み込むというのは取り止《や》めか」

「だいたい観照がおらぬのに、どうやって検非違使が踏み込むのだ」

左馬頭は怒りあまって脇息《きょうそく》か何かを投げ倒したらしく、あたしの真上の床《ゆか》がぶるぶると震えた。

「東宮の密使《みつし》が、呪詛《じゅそ》を依頼に来たというのに、一方の観照は東宮に召《め》されて参内《さんだい》している。呪詛を依頼する密使を出しながら、なぜ入れ違いに観照を召したかと追及されれば、東宮のお疑いなどすぐ晴れる。密使などもともといなかった、誰かの謀《はかりごと》だとな。そうなれば、真っ先に疑われるのはあなたですぞ、観如どの。東宮から内々の御使者《おししゃ》が参られると観照に思い込ませ、言いふらしていたのはあなたなんだから」

「わわ、わたしはただ、入道さまの御指図《おさしず》に従ったまでで……」

観如は肝《きも》をつぶしたように口ごもって、訳《わけ》のわからぬことを唸《うな》っている。ふん、気の小さい男どもだわ。

しかし、こうしてみると、あたしの読みってズバリだったのね。あたしは危《あや》うく、東宮の密書を携《たずさ》えた女として、始末されるところだったのだ。

間一髪《かんいっぱつ》って、これを言うのね。昨夜、巻紙を手に入れて鷹男に渡したのがよかったのだ。それが巡《めぐ》り巡って東宮のもとに届き、左馬頭らを召し集めたり観照を召したりして、結果的にこうして入道の計画を邪魔《じゃま》できたんだものね。

こうしてはいられない。

巻紙の他に、もうひとつの物的証拠である書状も手に入った。かくなるうえは、さっさと逃げ出すに限る。

のそのそと体の向きを変えかけた時、左馬頭の呻《うめ》くような声が聞こえた。

「すべてが東宮に知られてしまった。もはや、そうとしか考えられぬ。しかし、どうして東宮はご存じなのだろう。密使を放って、調べさせておいでだったのだろうか」

「何を呑気《のんき》なことを言っておられる、左馬頭どの！」

僧侶《そうりよ》というのは火事場のバカ力というのか、いざという時に底力のあるものだと妙に感心させられてしまった。どこにそんな根性が残ってたのか、叱《しか》りつけるように言い出したのだった。

「東宮がすべてをご存じなど、あり得ませんぞ。また、ご存じだったところで、証拠がどこにある。歌の連書は焼け、偽《にせ》の書状もこちらの手にある。あれを始末してしまえば、謀の気配はみな消えるではありませぬか」

「しかし、観照に、東宮の御使者が参られると吹き込んでおいたのを、どう言い逃《のが》れるおつもりか」

「――あの女房を使おう」

観如のひそめた声に、あやうく、叫び声をあげるところだった。あの女房というと、もしかして、あたし!?

「あの女房め、どういうつもりか知らぬが、しきりと入道さまの御名前を出していた。知らぬとはいえ、危険だ。始末して、あの女房にすべてを押しつけてしまえばよい」

「なんとするのです」

左馬頭の質問に、あれこれ考えているのか、観如はなかなか答えなかった。わが身に降りかかることなので、あたしも緊張しきって観如の声を待った。

やがて、満足そうな観如の声がした。

「――女盗賊《おんなとうぞく》の頭目《とうもく》に仕立てれば、よい」

ええっ⁉　ど、どういうこっちゃ！

「そうじゃ。そうするのじゃ。女盗賊の一味が、わが寺に伝わる金の弥勒菩薩《みろくぼさつ》像を奪わんとして、あらゆる方法でわたしを騙《だま》しにかかったと言えばよい。東宮の御使者《おししゃ》のふりをして入り込み、まんまと盗み出す寸前、盗賊と気がついた。手向かってきたので、やむなく斬《き》った――こうすればよいのじゃ」

「確かに、それはよいかも……」

左馬頭が感心したように相槌《あいづち》を打つ。そう簡単に賛成しないでよ、馬鹿ッ！

しかし人間、自分の身を守るためなら、何でも考えつくものなのね。あきれて、ものも言えないわ。

「都《みやこ》では夜盗《やとう》騒ぎもあった折だし、なかなか信憑《しんぴょう》性がありますよ、観如どの」

「そなた、斬ってくれますな」

「わたしが⁉」

「わたしは僧侶《そうりょ》じゃ。仮《かり》にも僧籍《そうせき》にある者、無駄な殺生《せっしょう》は……」

カッコつけてブツブツ言っているところに、ドタドタと誰かが簀子縁《すのこえん》を駆ける音がした。

「観如さま！」

「なんじゃ。ここにみだりに参ってはならぬと……」

「それが、御使者さまの姿が見えませぬ」

「なに、あの女がっ⁉」

左馬頭も観如も同時に立ち上がったらしい音がした。

「さきほど観如さまの房《ぼう》をお聞きになったので、こちらに参られているとばかり思っていたのです」

「わたしの房のあり処《か》を聞いた？」

「それで、何か菓子《くだもの》でもお持ちした方がよいのかどうか伺《うかが》いに参ろうとしたところ、そこの渡殿《わたどの》のあたりに衣《きぬ》が散らばっているのです」

「衣が⁉　なんとしたことだ。中身はどうした、女の身はっ」

「その御姿が見えませんのです」

縁の下で四つんばいになっていたあたしは、つくづく自分のズボラさを責めていた。

なにもあんな人目に立つところに、衣を脱ぎ捨てることなかったのよ。隠すぐらいの気配りが、どうしてなかったんだろう！

「衣が散らばっているなど、ただごとではありません。もし御使者さまに何かあったら……」

言いつのろうとする声を遮《さえぎ》って、観如の怒鳴《どな》り声がした。

「あれは御使者などではない。盗賊《とうぞく》じゃ。女盗賊なのじゃ」

「えっ？」

「寺宝《じほう》を盗みに来た盗賊じゃ。東宮の御使者と嘘《うそ》をついて、われらを騙《だま》しておったのじゃ。寺じゅうを隈《くま》なく捜《さが》せ！　門を固めろ。境内《けいだい》から一歩も出すな」

「は、はいっ」

とんでもないことになった！

門を固められては、寺から出られない。どうしよう！

「あの女、どこに行ったのだろう」

左馬頭が苦々《にがにが》しく呟《つぶや》くのを受けて、観如が唸《うな》った。

「左馬頭どの、あの女、案外、曲者《くせもの》かもしれませんぞ」

「曲者？」

「それこそ、東宮の密使かもしれない」

「まさか」

「いや、怪しい。だいたい、どうして今日、観照が急に召《め》されたのです。あなたや他の方々が召し出されたのです」

「それはわからんが、しかし……」

「あの女は巻紙の歌を見ている。名前を覚えて東宮に知らせるくらい、わけのないことだ。宴《うたげ》にいたから、観照の名も聞いている」

一瞬の沈黙があった。ふたり、顔を見合わせているのだろうか。

「――わかった」

左馬頭が思いつめたように呟くのがかろうじて聞こえた。声から迷いが消えている。

「斬ろう。グズグズしていられない。われらの首がかかっている」

左馬頭と観如が部屋を飛び出して行くのが聞こえた。

ほどなく、辺りがにわかに騒々《そうぞう》しくなり、庭に降りてあたしを捜す寺の雑色《ぞうしき》どもの足が見えた。

どどどどうしよう！

絶体絶命って、これを言うんだわ。

捕まったら、殺される！

観如も左馬頭も自分の首がかかっているから、必死だもの。

あああ、どうしたらいいんだ。

高彬は、あたしがこんな目に遭《あ》っているとは夢にも思わず、呑気《のんき》に梨壺の警固をしているだろうし、頼みの綱《つな》の鷹男も梨壺に詰《つ》めているかもしれない。

東宮のばか、観照を召すだけならいざしらず、左馬頭や右大弁とかまで召し出しちゃうから、妙《みょう》な警戒心を抱かせるんじゃないの。

敵地に潜入しているあたしの立場も、少しは考えろよ、ボケナスっ。

「いたか」

「いや、こちらにはいない」

庭で、男どもが怒鳴《どな》り合っている。

「縁の下まで捜せと観如さまがおっしゃってる」

あたしは生唾《なまつば》をのみ込んだ。

「縁の下？　まさか。相手は女だろう」

「盗賊《とうぞく》だからな」

人の足音が近付いてくる。

あたしは頭を低くして、四つんばいのまま縁の下を這《は》って駆け出した。なんとしても、生きて帰らなくっちゃ！

と、そのとき手が、妙に柔らかいものに触れた。何だろうと思った時には、もう叫んでいた。

「きゃあぁあっっ、ねっねっ猫っっ！」

なんで縁の下に猫の死骸《しがい》が放り込まれているのよっ。

気味が悪くて吐《は》きそうになったけれど、人の集まってくる気配に、それどころではなかった。

あたしは思いきって縁の下を飛び出した。

四方八方から、悲鳴を聞きつけたのか、人が駆け寄ってくる。

一瞬ためらったものの、すぐ、西に向かって走り出した。西門が一番近そうだし、人も手薄だ。

あああ、こんな目に遭《あ》うとわかっていたら、あの時、鷹男に手伝うなんて言わなきゃよかった。

生きて帰れたら、今度こそ、まともな姫になって、御忍びも控《ひか》えよう。高彬のためにお琴《こと》でも練習して、よき人妻になるんだ。スリルとサスペンスの果てに、死ぬのはやだっっ。

「待て！」

繁《しげ》みの中から、人が飛び出してきて前に立ちふさがった。

あたしは絶望のあまり、小さな悲鳴をあげた。現れたのは、太刀《たち》を握りしめた左馬頭だったのだ。

「狩りはもう、お終《しま》いだ」

左馬頭は太刀を構えた。

あたしはヤケクソになって叫んだ。

「な、な、なによっ。あたしを殺しても、あんたたちの陰謀《いんぼう》はとっくに東宮もご存知よ」

「なにっ」

「歌を連書した巻紙だって、もう東宮のもとに届いてるんだから」

「どういうことだ、女っ」

左馬頭はあたしの胸元を摑《つか》んで、がくがくと揺さぶった。

「東宮は、入道の謀《はかりごと》なんか、ずっと前からご存じだったたってことよ。そのために、あたしや他の人間をたくさん、入道のところに潜《もぐ》り込ませてたんだから」

思ってもみなかったらしくて、左馬頭は呆然《ぼうぜん》としている。

「まさか、あの、昼寝ばかりしているグータラな東宮が……」

「でも、東宮は、すべては入道が悪いと思ってらっしゃるわ。他の人間は、入道に騙《だま》されているだけだって」

思いつきを言ったのだけれど、あたしの胸元を締めあげる左馬頭の力がゆるんだ。

「すべて、入道さまが……？」

「そうよ。だから、あたしが東宮に、〝左馬頭は入道に脅《おど》されて協力させられていただけだ〟と申しあげれば……」

左馬頭の目がきらりと光り、胸ぐらを摑んでいた手がはなれた。

「ほ、ほんとうか、三条どの。そう申し上げてくださるか」

「言うわけないだろ、馬鹿っ」

足をしたたか踏んづけて、顎《あご》に頭突《ずつ》きをくらわせ、倒れそうになった左馬頭の手に噛《か》みついて太刀を奪い取った。

ひっくり返った左馬頭が「くそーっ」と喚《わめ》くのを背にして、あたしは太刀を振り回しながら走った。

あちこちから現れる雑色《ぞうしき》も僧侶《そうりょ》も、武器は持っていないので、近付いてこられない。

もうすぐ西門だ、助かる！　と思った時、ひゅんっと何かが飛んできて、近くの木に突き刺さった。矢だった。

振り返ると、強弓《ごうきゅう》をかついだ観如が近付いてくるのが見えた。

矢まで出てこられては、どうすりゃいいのよっ。

矢尻の狙いをぴたりとあたしの胸に当てたまま、一歩一歩近付いてくるので、動くことができない。動いたら最後、矢を射かけられてしまうのはあきらかだった。

もう駄目だ！

固く目をつむった時、あたしの頬《ほお》をかするようにして、何かが飛んできた。矢だ、当たって死んじゃうっっ！

胸に焼けつくような痛みを感じて、へたり込んでしまった。こ、このまま死ぬのかしら……。

人の呻《うめ》き声がして、何かがどさりと倒れる音がした。

「観如さまっ」

「何者だっ」

人が集まってきて、騒ぐ声がする。

わけがわからなくて目をあけてみると、胸に矢を受けて倒れているのは観如の方だった。

あたしの胸には、何も刺さっていない。とすると、胸が痛かったのは、恐怖のあまりの気のせいなのかしら。

それにしても、なんで観如が矢で射られたのとあっけにとられていると、遠くの方から馬の蹄《ひづめ》の音がした。力強い音が、どんどん近付いてくる。

あたしは振り返って、嬉《うれ》しさのあまり、わが目を疑った。

「鷹男！」

鷹男が砂利《じゃり》を蹴散《けち》らして、こちらに駆けてくるのだ。

馬はあっという間に近付いてきて、あたしの体が宙に浮いた――と思った時には、もう馬上の人だった。鷹男が馬の上に引きあげてくれたのだ。

「鷹男ぉぉ！　きてくれたのね。もう、やだ。こわかったよー、もうやだ、もうやだ、死ぬかと思った。家に帰るよーっ」

鷹男の顔を見たとたん安心してしまって、鷹男にしがみついてわんわん泣き出してしまった。

こういう時、なぜだか子ども返りしてしまう……。

鷹男はぐっとあたしを抱きよせた。

「許してください、姫。わたしが愚《おろ》かでした。早く解決したいあまり、観照を召《め》して、取り調べたのです。すると観照は、今日、わたしの使者が書状を持って参ると聞いていた、と言うではありませんか。そんな覚えはないし、妙《みょう》な胸騒《むなさわ》ぎがして、梨壺を抜け出して来たのです。間に合ってよかった！」

「観照を召して……わたしの使者って、鷹男……」

なんだかよくわからないけれど、妙に引っかかるものがあって涙をふきふき顔をあげた時、ばらばらと繁《しげ》みから人が飛び出して来た。

見ると、あたしに頭突きを喰らって引っくり返った左馬頭と、法珠寺の僧侶どもだった。

「東宮が建立《こんりゅう》なされた法珠寺に、馬で乱入するとは不埒《ふらち》なやつ、その女の仲間かっ」

「痴《し》れ者《もの》！」

突然、鷹男が一喝《いっかつ》した。

あまりの威厳《いげん》に、あたしも、左馬頭や僧侶どもも雷で打たれたように、びくっとした。

な、なんなのよ、この威厳は……。

「左馬頭、わたしを見忘れたのか」

鷹男は表情ひとつ変えず、きっぱりと言う。

左馬頭は憎々し気《げ》に馬上の鷹男を見上げたものの、その表情が少しずつ強張《こわば》り、顔色がどんどん黒ずんでいく。

「まさか……」

「おまえなどに、そう何度も目通りを許しておらぬから、知らぬも道理だ。だが、声ぐらいは、わかろう。それに僧侶《そうりょ》ども」

そう言って、鷹男はきっと僧侶どもを睨《にら》んだ。

「徳の高い観照どのの弟子ながら、情けない者どもだ。ものの善悪の区別もつかぬのか。度重《たびかさ》なる法会《ほうえ》で、わたしの顔を見覚えておる者もおろう」

その声が合図のように、僧侶どもが風になぎ倒される木のごとく、ばたばたと膝《ひざ》をついた。

「と、東宮、宗平親王《むねひらしんのう》さま……！」

僧侶の何人かが、呻《うめ》くように叫んだ。

あたしはあっけにとられて鷹男を見た。

こ、こ、こ、この、あたしがしがみついている相手が、とと、と、東宮その人……!?

「あ、姫!?　瑠璃姫《るりひめ》!?」

――緊張の糸が切れて、精《せい》も根《こん》も尽《つ》き果てて、鷹男の声を遠くに聞きながら、あたしは気を失ってしまった……。

8

三条《さんじょう》のわが大納言《だいなごん》邸の庭の藤《ふじ》も、そろそろ咲こうとしている。

三月《やよい》も過ぎて四月《うづき》になったばかり、世間ははや、夏の気配である。

あたしはぼーっとして、御簾《みす》越しに庭を眺め、ため息をついた。

あー、平和な初夏の昼下がりだあ。人間、平和が一番だあ……。

「瑠璃《るり》さま、まだお疲れがとれませんの」

お見舞いに来てくださっていた藤宮《ふじのみや》さまが、心配そうに声をかける。

「いえ、そうじゃないんです」

あたしは笑って答えた。

法珠寺《ほうじゅじ》での大活劇があって、鷹男《たかお》はあたしをひとまず藤宮さまのお屋敷に連れて帰った。

だけどすっかり怯《おび》えてしまって、それに気弱《わめ》になっていたあたしは、「家に帰る、もうやだ、こんなおっかないの、やだ、家に帰るよお」と泣き喚き、翌日、この家に帰って来たのだ。

藤宮さまは泣きじゃくるあたしを見て、よほど恐ろしい目に遭《あ》ったに違いないと心配してくださって、暇《ひま》さえあれば文《ふみ》を下さり、とうとう吉日《きちじつ》の今日を選んで、お見舞いに来てくださったのである。

「あれからひと月も経《た》ってますし、疲れてなんかおりませんわ」

「でも、深くため息をつかれて……」

「平和だなー、と思ってたんです」

人間、ああいう生きるか死ぬかみたいな修羅場《しゅらば》をくぐり抜けると、今日のように清々《すがすが》しい、なんてことのない昼下がりがしみじみ嬉《うれ》しいものなのだ。

あたしの気持ちをわかってくださったのか、藤宮さまも無言で頷《うなず》かれた。

といっても、この平和な感覚は女だけのもので、宮廷では大変らしい。

なにせ、前左大臣《さきのさだいじん》の天下を揺るがす陰謀《いんぼう》が明らかにされて、若い者も連座して断罪されたのである。

鷹男からの密《ひそ》かな文《ふみ》によると（鷹男からは時々、非公式の文がくるようになっている）、最初はすべて極秘《ごくひ》のうちに処理しようと思っていたのだけれど、思わぬ者が裏切っていたショックに加えて、陰謀が手の込んだ悪辣《あくらつ》なものであること、あたしを殺そうとしたことなど許しがたく、そのすべてを明らかにして厳罰《げんばつ》に処すことにしたという。

それを裏書きするように、まず前左大臣にして大海入道《おおみのにゅうどう》が、都《みやこ》を払《はら》われた。つまり都から追放されたわけである。

もっと厳《きび》しい罰が下っても当然なのだけれど、一応、出家している身なので、それ以上のことができなかったらしい。

けれど、入道の罪を知った正良親王《まさらのしんのう》が世をはかなみ、ひとり密かに出家してしまわれた。

夢を懸《か》けた親王の突然の出家に、入道は大打撃を受け、今、重病の床《とこ》に臥《ふ》しているという。

正良親王にはお気の毒だけれど、入道には自業自得《じごうじとく》よ。

その他にも、左馬頭《さまのかみ》を始め、この陰謀に加担《かたん》した若い者らは次々と、ある者は隠岐《おき》へ流され、ある者は佐渡《さど》へ流される。

偽書状《にせ》に帝《みかど》を呪詛《じゅそ》する云々《うんぬん》と書いたため、謀叛《むほん》と同罪にみられての厳しい処置だったという。

今、宮廷ではその処罰の事務手続きの真っ最中で、罪人の護送の準備や流刑地《るけいち》の確認などでごった返していて、平和どころの騒ぎではないらしい。

高彬《たかあきら》もそのとばっちりを受けて、こちらに見舞いに来る暇を見つけるのに、ひと苦労している。でも、今夜はねー、ふっふっふっふ、へっへっへ。

「でも、ともあれ、すべてが解決してよかったですわ。巷《ちまた》では、誰がこうまで詳《くわ》しく調べ、証拠のふた品《しな》を手に入れたのかと噂《うわさ》しているそうですけれど」

藤宮《とのがた》さまは悪戯《いたずら》っぽく笑われた。

「殿方であれば、たいそうな御出世ですのにね、瑠璃さま」

「あら、鷹男が出世するといいんだわ」

あたしはむっとして言い返してしまった。

鷹男の身元を隠しておいたことでは、藤宮さまを恨《うら》んでいるのである。

人が命を懸《か》けて五条邸《ごじょうてい》に潜入したり、法珠寺で死ぬ目に遭《あ》ったというのに、そのあたしに、ああいう重大なことを隠していたなんてあまりというもの。

そりゃあ、気がつかなかったあたしも鈍かったけれど、どこの世界に雑色《ぞうしき》に身をやつして駆け回る東宮《とうぐう》がいらっしゃるのよ。

「そう、お怒《いか》りにならないで、瑠璃さま」

藤宮さまは困ったように、檜扇《ひおうぎ》をもてあそばれた。

「わたくしもああいう危険なことをおさせすまいと、何度もお引き止めしたのです。でも、東宮はお小さいころから、こうと決めたら決してお引きになりません。強引な方ですけれども、仕方ありませんわね」

「藤宮さまは東宮に、甘くていらっしゃるからなあ」

「早くに母上を亡《な》くして、頼《たよ》る者もない宮廷の生活は、とても淋《さび》しいものでしたのよ。東宮ただおひとりが、何かにつけて花や文《ふみ》を届けてくださって、慰《なぐさ》めてくださったのですもの。兄とも弟とも思っているものですから、東宮にお頼みされると嫌《いや》とはいえないのです」

藤宮さまは申し訳なさそうにおっしゃった。

それで、東宮から、身をやつして入道らを探るから屋敷を拠点《もと》にさせてくれと頼まれた時も、断れなかったという。

藤宮さまが甘いのを幸い、あの悪戯《いたずら》っ気《け》たっぷりの東宮は、背格好のよく似た帯刀《たちはき》（東宮のお住居の警備人）のひとりを替え玉にして御簾《みす》の中に入れておき、御自分は夜毎《よごと》、御所《ごしょ》を抜けだされて冒険あそばされていたというわけだった。

ほんとに、とんでもない東宮よ。そういう御方のために高彬は梨壺《なしつぼ》に詰《つ》めっきり、あたしも死ぬ目に遭ったのかと思うと、すぐには許せない気がするわ。

そりゃあ、まあ、助けに来てくれたり、いろいろあったりもしたけれど、さ。

「あのね、瑠璃さま」

鷹男を思い出してぼんやりしていると、藤宮さまがおずおずと言い出した。

「実は今日、わたくしが参ったのは、鷹男の頼みなのです。あえて東宮と申しあげず、鷹男と申しますわ」

「はあ」

「鷹男は瑠璃さまに、ことの経過報告も兼ねて、文を出しているとか」

「ええ、まあ、もらってますけど……」

「なのに、今まで一度のお返事もないと、鷹男はたいそう残念がっておりますの。是非《ぜひ》、一度でもいいから、お返事をいただきたいと申しております。おふたりとも、ともに命を懸けて働いた者同士、情けをかけてやってくださいませ」

「情けといっても……」

「卒直に申しますと、鷹男は姫がお好きなのですわ」

「…………」

「わたくしも姉として妹として、また正式な叔母《おば》として、瑠璃さまほど東宮にふさわしい姫はおられぬと思っています。勇敢《ゆうかん》で、行動力があって、お優しい。あの子供っぽいところのおありになる東宮には、姫のような御方が側《そば》にいて守ってさしあげるべきなのです」

藤宮さまはいやに熱っぽく言う。

どうも東宮を溺愛《できあい》しておられて、東宮の仰《おお》せになることなら、何でもかなえてさしあげたいという母親の気持ちでおられるみたい。

「身分からいっても、瑠璃さまには何の不都合《ふつごう》もありませんし」

「ちょ、ちょっと待って」

あたしはあわてて、遮《さえぎ》った。

冗談じゃないわ、なんで話は、身分とか何とか、そこまで具体化してしまうのよ。

あたしには高彬がいるし、東宮とどうにかなっちゃおうなんて気持ちはないんだから。

そりゃあ、お互い、ひとつの目的のもとに戦った戦友よ。でも、相手が東宮というお立場である以上、どうしようもないわ。

五条邸のあたしの部屋で、「わたしにも機会がありますね」なんて言われてポーッとなったのも、どこまでも精神的な華《はな》やぎだもん。

それでも鷹男が中納言《ちゅうなごん》とか少将《しょうしょう》とか何とかそれ相応の貴族で、しかも独身で、真っ向から高彬と対決して求婚してくれるというのなら、あたしとしても考えましょう。

あたしも内心、いくら高彬がいるといっても、結婚するまでに高彬以外のひとりの求婚者もいなかったのが悔しかったりもするし。

でも、お相手が東宮じゃね。畏《おそ》れ多いのなんのというより前に、あたしら一般貴族の姫君の恋のお相手じゃないわ。

そういう方と文通したって、どうしようもないもん。

「あたしには高彬がおりますし、そういうこと言われても困りますわ。それに東宮には、高彬の姉君、公子姫《きみこひめ》がいらっしゃるし、まして帝《みかど》におなりあそばせば、たくさんの公卿《くぎょう》の姫が入内《じゅだい》なさるでしょう？　あたし、その中のひとりなんて嫌《いや》ですもん。高彬はしがない衛門佐《えもんのすけ》だけど、あたしひとりだとお約束してくれてるし、それに……」

あたしはゴホンと咳払《せきばら》いした。

「ここだけの話ですけど、延び延びになってた例の……が、今夜なんです」

「えっ、まあ……！」

藤宮さまはみるみるまっ赤《か》になられた。

「あの、ずいぶんとまた、急に……」

「ええ、まあ、そのう、高彬も事件の処理やら何やらで忙《いそが》しいんですけど、こういうのって気分も大切ですからね。お互いにその気になってる時に邪魔《じゃま》が入って、巡《めぐ》り巡って今日まで来たけど、ともかく、長く待つのはよろしくないってことで……」

あたしも口ごもってしまった。

なにしろ、とうさまと高彬とあたしの三人が一丸《いちがん》となって、何はともあれ、今度こそ新婚初夜を成功させようと、強引に決めたのが今夜なのだ。

事件の事務処理に追われている高彬は、下手《へた》をすると当分の間、あたしと会えないのではないかという不安にかられて、ともかく一回でもいいから事実上の結婚をとあせっている。

あたしも、入道一派が捕まれば待望久しい初夜だと、それを支えに頑張《がんば》って来たので、事件が解決した今は、一日も早く……落ちつきたい。

とうさまは、これはもう、最初から最後まで「ケッコン」と言い続けている人だ。

かくして、三人の意志が一致して、三人とも、何が何でも今夜を成功させようと決意しているのである。

そういう気分で盛り上がっている時だもの、東宮のことはパスさせてもらう。

「確かに、鷹男にはどきどきもしたけど、でも、結局、鷹男は法珠寺に馬で駆けつけてくれた時限り、消えちゃったんですわ、藤宮さま。あたしみたいな跳《は》ねっかえりには、高彬みたいな常識ある人の方がいいし、それにあたし、やっぱり高彬が好きかなって」

きっぱり言うと、藤宮さまは残念そうに肩を落とされた。

その夜、高彬が忍んできたのは、子《ね》の刻《こく》（午前〇時ごろ）も過ぎようという真夜中で、あたしはあまりの遅さにヒステリーの一歩手前だった。

ようやく三人で決めた夜、こちらも気分を盛りあげて待っていたのに、なんという遅れ方よ。そう怒鳴《どな》りつけようと思ったけれど、高彬の顔を見て、口をつぐんだ。

顔色は冴《さ》えず、心なしかやつれているみたいなのだ。

六日ほど前、日取りを決めるためにやって来た時も、やせたな、ぐらいは思っていたけれど、こうして夜の燈台《とうだい》の明かりの下で見ると、病気みたいだった。

「高彬、あんた病気なのに、無理して来たんじゃないの」

心配になって思わず言うと、高彬は笑って首を振った。

「違うよ。ただ、少し疲れてるだけなんだ」

「何かあったの」

「どういうわけか、今回の事件の後始末の細々《こまごま》したことが、みんなぼくのところに来るんだよ。東宮直々《じきじき》のお指図《さしず》なので、誰かに任せることもできないしさ」

「東宮直々のお指図……」

「今日も、早く仕事を片付けてここに来ようと思ってたら、退出しようという時になって書類が調《ととの》ってないと東宮からお叱《しか》りがあってね。徹夜《てつや》も覚悟でいたら、同僚の右衛門佐《うえもんのすけ》が同情してくれて、仕事を代わってくれたんだよ」

高彬は疲れたような、切《せつ》なげなため息をつき、

「ぼく、東宮の御不興《ごふきょう》を蒙《こうむ》る覚えはないんだけどな……」

とポツリと言った。

あきれたことに、東宮ったら、高彬をいびっているんだわ。なんて子供っぽい人なの。可哀《かわい》そうな高彬。

それは別に御不興なんかじゃなくて、単なるヤキモチよと言ってあげたいけれど、でも、そう言うからには何もかも説明しなければいけないし。

高彬が夜盗《やとう》と誤解したのがすべての始まりで、東宮が高彬を騙《だま》していたなんて知ったら、傷つくだろうな。

おまけに高彬が梨壺に釘付《くぎづ》けになっている間じゅう、東宮とあたしのふたりで大活躍していたなんてわかったら、卒倒するかもしれない。

それでなくても、この陰謀《いんぼう》を調べあげて動かぬ証拠を手に入れた謎《なぞ》の人物については、出世レースに明けくれる名門の公達《きんだち》として、かなりの興味を持っているようで、

「きっと東宮に心から御信頼された者が、内偵《ないてい》を続けていたのだろう。でも、誰なんだろう。ぼくは自分なりに、東宮には御信頼を頂いていると自負していたんだけど……」

と悔しそうに言っているのだ。

その高彬の裏をかいたのが他ならぬあたしで、もうひとりは東宮その人だったとわかったら、人間不信に陥《おちい》るかもしれない。

あたしもああいう修羅場《しゅらば》をくぐり抜けて、今はただ、平穏《へいおん》で安らかな日々を望むのみ。生きて戻れたら、お琴《こと》でも弾《ひ》いて、高彬のよき妻になろうと健気《けなげ》に思ったものだったわ。

今回のことは、絶対に口外せずに、おもしろい冒険だったと思い出のひとつにしよう。

「高彬、仕事のグチでも何でも聞いてあげるから、とりあえず、こっちおいでよ」

穏《おだ》やかに言うと、高彬はちょっとびっくりしたように顔を上げ、それからポッと赤くなって、ずりずりと近付いて来た。

御簾《みす》をからげて、こちら側に入って来る。

うーん、確かにやつれているなあ。

「可哀そうね、少しやせて。明日の朝、小萩《こはぎ》に言って、精《せい》のつく食事つくらせるからね」

「優しいね、瑠璃さん」

まるで、あたしが日ごろ優しくないみたいに、目をみひらいて高彬が言う。

高彬の手がすっと伸びてきて、あたしの手に重《かさ》なった。

んんん、いよいよ、始まるかな。

あたしは耳を澄《す》ましてみる。何事も起こっていないわね。

この前みたいなことのないよう、融《とおる》は外出を禁じられて部屋に閉じ込められているはずだった。

とうさまも、火事か地震、人の生死、家の浮沈《ふちん》に関わること以外では、決して邪魔《じゃま》はしないしさせないと断言している。

大丈夫だな。大丈夫だな。

なんだか馬鹿みたいだけれど、今まで二度に渡って初夜が流れているせいか、すっかり疑い深くなってしまう。

一度目は、まあ、こちらの心準備もできてなかったからいいけれど、二度目は盛り上がっている時だったし、もし今夜も横やりが入ったら……なんて考えると気持ちが今ひとつ乗っていかない。

「瑠璃さん」

高彬があたしに寄りかかってきて、肩に手が回った——その時だった。

「いっいいいい、一大事、一大事でございます、瑠璃さま！」

小萩の絶叫《ぜっきょう》が聞こえた。

あたしと高彬は抱き合ったまま、物も言えずにみつめ合っていた。

まさかという思いと、やっぱりという思いが入り混じって、もう、なにも言えない。

小萩が渡殿《わたどの》の辺りですっ転んだらしい音がして、それでも駆けてくる足音がする。

上品で躾《しつけ》の行き届いた小萩とも思えない。よほどのことみたいだった。

この期《ご》に及んで邪魔しようというんだから、それなりの事でなかったら許さないわ。

あたしは御簾《みす》を蹴り上げて寝所を出、妻戸《つまど》をぶち開けて怒鳴《どな》った。

「何事なのっ。あたしたちは逃げないから、騒ぐのはお止《よ》しっ」

「瑠璃さまっ」

小萩は蒼白《そうはく》な顔で、部屋に飛び込んで来た。

「お、お召し物はきちんと着《つ》けてらっしゃいますね。じきに大納言《だいなごん》さまも参られます」

「娘の新婚初夜に、何しに来んのよ」

「まず、まずこれを、これをご覧《らん》くださいまし」

小萩はぶるぶる震えながら、藤《ふじ》のひと枝を差し出した。

「何よ、これ」

よく見ると、薄藤色の結び文《ぶみ》がある。

どこの馬鹿が、こんな夜に歌をよこすのよ。

貴族というのは、暇《ひま》さえあれば歌を詠《よ》み合って、それを贈り合うけれど、あたしにそういう雅《みや》びな知人はたくさんはいない。せいぜい藤宮さま、兵部卿宮《ひょうぶきょうのみや》の二の姫ぐらいだった。

「藤宮さまからなの？　それにしても、明日の朝にしてちょうだい。たかが文ごときで……」

「お、畏《おそ》れ多くも、東宮さまよりの御文なれば、す、すみやかにお返事参らせるようにとの大納言さまのお言い付けでございます」

「東宮から？」

「東宮だって⁉」

御簾《みす》の中から、高彬が顔色を変えて出て来た。

「どうして瑠璃さんに、そんな……」

呆然《ぼうぜん》として、藤の枝を見ている。

あたしはひったくって、結び文《ぶみ》を開いた。

夢路《ゆめじ》だに　きみに通へるものならば
うつつに見んと思はざらまし

「んまあ……」

あたしはあきれ返った。

〝夢にでも、あなたに会うことができたら、現実に会いたいなどとは思わない。でも、夢にも見ることができない。だから、こんなにも、現実にひと目会いたいと、思いが募《つの》ってしまうのだ〟という、反実仮想《はんじつかそう》を使った高度なテクニックの恋の歌である。しかも激しくて切《せつ》なく、恋の歌としてはよくできている。

でも、よりにもよってこんな夜に、こんなものを……。

「瑠璃さん、これ、これはいったい……！」

後ろからのぞき読みしていた高彬が、震え声で言った。

「これ、どういう意味なの、瑠璃さん！　あなたと東宮は……！」

「し、知らないわよ、こんなの。何かの間違いよ……」

「いや、ぼくは東宮のお側《そば》近く仕えて、筆蹟《ひっせき》も存じ上げている。間違いなく、直筆《じきひつ》であられる」

高彬はまっ青《さお》である。

それは、そうだろうなあ。

新婚初夜を迎えようという妻のところに、男から恋の歌が届いて、それが東宮の御直筆とくればね。

直筆の恋の歌はまぎれもなく求婚の意味、よもや自分の新妻《にいづま》が東宮から求婚されるなんて思ってもみなかっただろうなあ。

それにしても憎いのは東宮、いいえ鷹男、今夜が初夜であることを藤宮さまから聞いて、嫌《いや》がらせでやっているとしか思えない。

「こんなの、気にすることないのよ。うっちゃっておけばいいの」

「そういう問題ではないぞ、瑠璃！」

息せききって駆けつけてきたとうさまが、恐ろしい形相《ぎょうそう》で一喝《いっかつ》した。

「事はそう単純なものではない。政治もからんだ、わが大納言家の浮沈《ふちん》にかかわる一大事なのですぞ」

「なによ、興奮して」

「これが興奮せずにおられるか。このたびの入道事件で、長く御患《おんわずら》いであられた帝《みかど》の御病状はますます悪化、しきりと御譲位《ごじょうい》を洩《も》らされるようになっておる。われら側近の者がお留めしておるが、年内にも御譲位があるやもしれぬ」

「それがどうしたの」

「どうした、ではないっ！」

とうさまは泡《あわ》を吹かんばかりに興奮している。

「そうなれば、東宮こそ次代の帝。おまえは、畏《おそ》れ多くも次代の帝さまから求婚されておるのだぞ。万が一にもおまえが入内し、皇子《みこ》誕生ということになれば、わが大納言家の行く末は安《あん》泰《たい》ではないか」

「入内、皇子誕生って、とうさま、何を寝惚《ねぼ》けてるのよ……」

あきれて言葉も出てこない。

ところが、驚いたことに高彬が、

「その通りだよ、瑠璃さん……」

ゾッとするような暗い声で言い出した。

「東宮が直筆《じきひつ》で、御身を明らかにしてこのような御文《おふみ》を参らせる以上、ことは瑠璃さんひとりの問題ではなくなってくる」

「あたしの問題じゃなくて、何なのよ！」

もう、泣き声である。

あたしにしてみれば、たかが鷹男がよこした歌、程度のことだけれど、とうさまや高彬の動揺ぶりが尋常《じんじょう》ではなくて、それが訳《わけ》もなく不気味なのだった。

「もし、正式に東宮から、瑠璃姫を女御《にょうご》にと申し込みがあれば、大納言さまがお断りできるわけないだろう、瑠璃さん。この大納言家も格式の高い家柄、身分的にいってもおかしくないし……」

「断るに決まってるじゃないの。あたしは高彬と結婚するんだもん」

「断りなどしたら、瑠璃、わが大納言家は次代の帝に疎《うと》まれる家として、失脚《しっきゃく》するしかないのだぞ」

「何の失敗もしてないのに、なんで失脚するのよ」

「高度に政治的な問題なのだ、これは」

とうさまがぴしゃりと言う。

どこが高度なの、どこが！

要は、東宮が人妻に言い寄っているってだけじゃないの。

「幸か不幸か、まだ人妻になってないよ、瑠璃さん」

高彬がまっ青になって言う。

「事実上もなってないし、もちろんまだ露顕《ところあらわし》もしてないから、世間的にも知られてない。ふたりの気持ちがあるだけだ」

「それがあれば充分よ」

「そういうわけには、いかない」

とうさまがいかめしく言い、くるりと高彬を見た。

「高彬どの、こういうわけなのじゃ。わが大納言家としても辛《つら》いところ、お察しくだされ。東宮の御心の内がはっきりするまでは、結婚は無期延期ということに……」

「とうさまったら！」

「わしも瑠璃をいずれ女御にとは、ゆめ思っておらぬ。これが女御になっても、わしの気苦労は増えるばかりじゃ。しかし……」

とうさまはあたしを無視して、高彬の手を取り、せつせつと訴えている。

「こういう明らかなお歌が参った以上、この御文を無視して、ふたりを結婚させるわけにはいかないのです。そうなれば、わしの身も危《あや》うい」

「……わかります、大納言さま」

「いずれ東宮の御心も、明らかになろう。なに、ちょっとした悪戯心《いたずら》でこのようなことをなされたに違いないのじゃ」

とうさまは複雑な表情で、

「瑠璃、今すぐお返事を参らせるようにな」

と言いおき、あたふたとよろめきながら帰って行った。

あたしはへたへたと座り込んでしまった。

どういうことなのよ、これは。どうしたらいいわけ？

あまりのことに呆然《ぼうぜん》としてしまって、何も考えられない。

ふと気がつくと、高彬がもそもそと帰り仕度《じたく》をしている。

「高彬、帰っちゃうの⁉」

「事態がこうなっては、帰るしかない。下手《へた》をすると、ぼくは東宮の想い人に通う不埒者《ふらちもの》ってことになってしまう」

高彬は青ざめきっている。

あたしはすっかり動転してしまった。

「ねえ、東宮から文《ふみ》をもらうのがそんなにまずいわけ？」

「恋の歌、というのが問題だ」

高彬の声は冷たくて、とがっている。あたしはどきりとしてしまった。

「この歌の調子じゃ、初めてじゃないね。瑠璃さん、東宮と文をかわしていたの」

「……………」

文をかわすどころか抱き合ったこともあるなんて言っては、まずいだろうね、やっぱり。

あたしが黙っていると、高彬の表情はますます厳《きび》しくなった。

「女の人って、知らないところで何をやってるか、わかったもんじゃないね。よくわかったよ」

「わかったって、た、高彬ぁ……」

高彬はものも言わずに、ぷいと部屋を出て行った。

誤解しちゃったのかしら。高彬との結婚準備を進めながら、裏で東宮と文通していたって。

ああ、どうしたらいいのよ。

三度目の夜も流れたうえに、このまま誤解をされては立《た》つ瀬《せ》がないわ。

ともかく明日にでも、今までのこと、みんな話してしまおう。何もかも話してから、ふたりで東宮の対策を考えなくっちゃ。

それやこれやを考えるとドッと疲れが出てきて、あたしは脇息《きょうそく》に寄りかかってふーっと大息をついた。

あたしと高彬ふたり、何かに祟《たた》られているような気がするわ。いざという時、必ず邪魔《じゃま》が入るんだもん。

こんなんで、いつかほんとに、高彬と初夜を迎えられるのかしら……。

あとがき

初めての読者の皆様には、はじめまして。再読の皆様にはお久しぶりです。

『なんて素敵にジャパネスク』は今から十数年前に出ました。

ずいぶんたくさんの読者の方々に、長い年月をかけて読み継いでいただいて来て、とても幸せな物語です。

テレビドラマでご覧《らん》になった方々、漫画化された作品（画・山内直実《やまうちなおみ》さん／白泉社）を入り口にして読んでくださった方々、いろいろだと思いますが、もともとはもう十数年前に、こんなふうに小説として出たものでした。

こうして新装版のあとがきを書いていても、なんだか奇妙な感じです。

ある時期から、

「瑠璃姫《るりひめ》はもういいかな」

という気持ちになっていて、なぜ、そんなふうに思うのか自分でもわからないまま、いつのまにか続きを書かなくなっていました。

シリーズ物を書いていると、主人公がいつも同じ失敗をしているのはバカみたいに思えてくるし、人間としても成長してほしい「欲」みたいなものが出てきてしまいます。

少しは大人になってもらおうとしたり、欠点がなくなってほしいと親心みたいな気持ちになったりして、気がつくと、なんだか道徳的になってしまいそう。

でも道徳的な物語の主人公くらい詰まらないものはありません。少なくとも私はあまり好きではないから、とても困ったものでした。

瑠璃姫にヘンに物のわかった大人になってしまわれるのが嫌《いや》で、でも物がわからない大人になられるのはもっと嫌です。

それでいつのまにか続きを書かなくなってしまったような……。

でも今回、シリーズ最初の一冊目（この本です）のゲラを読み直しているうちに、このごろの瑠璃姫が大好きだった自分に改めて気づきました。初めて、この原稿を書いていたときのワクワク感も思いだしました。〈初めての～巻〉の40枚です。

根がちゃきちゃきですからパッパと話が進んで、パッパと解決がつく短編が好きで、この枚数で決着をつけられて、とても満足していたことを思いだします。

瑠璃姫はやはり、私の好きな女の子のイメージの原点です。

再会できて、ほんとうに嬉《うれ》しい。物語というのはありがたい、会おうとすれば、いつでも再会できるから、と当たり前のことに気づきました。

今回、初めて読まれる方はただただ面白がって、改めて読まれる方は初めて読んだ頃と重ねあわせて懐かしく（?）読んでいただけると嬉しいです。

もし新鮮なものがあるとしたら、後藤星さんに新しくイラストを描き下ろしていただいて、そのおかげだと思います。


さて旧版のあとがきにも書いたことですが、初めて読まれる方のために、新装版にあたって改めて書きますね。

この物語のそもそもは、私自身が母親に結婚しろ、結婚しろと言われて困っていた頃、締め切りが迫っても何もアイディアが出ないときに、せっぱつまって、「結婚しろといわれて困っている女の子のスカッとする話を書いてみよう」みたいな火事場の馬鹿力的発想が発端でした。

十代の女の子が、結婚しろといわれても不思議ではない時代、設定となると、すぐに思い浮かぶのが平安時代。それで決まってしまったのです。

その他にも、平安物のパロディの習作のつもり……などの課題はありましたが、そもそもは「結婚を迫られて、嫌がっている女の子」が基本でした。

この設定がなければ、このあとのシリーズ化もなかったのだから不思議なものです。

もし今の私が、ジャパネスクのようなものを初めて書こうとしたら、情があって惚《ほ》れっぽい女の子が、毎回、新しい男性となにかのご縁で出会い、うまくいきかけては、なぜかダメになる物語をイメージしたかもしれません。

そうなると女の子の設定は、キャリアウーマンの女房《にょうぼう》のほうがいい。いろんな男性と出会うには、深窓《しんそう》の姫君よりは女房のほうが出会いもあるし、活動的になれます。

従姉《いとこ》かどなたかが女御《にょうご》として入内《じゅだい》していて、その女御のもとに、お行儀見習《ぎょうぎみなら》いとして出仕《しゅっし》している姫君が主人公――と設定するだけで、女房版ジャパネスクの展開は、だいぶ違ったものになりそうです。

それとも女房仕えはしなくとも、高彬《たかあきら》とすぐに結婚してもらって、結婚したあとから本格的に始まる恋愛のあれこれを書こうと思ったかもしれない。時代は一夫多妻《いっぷたさい》の平安朝、それこそいろんな恋愛パターンを描く絶好の設定のはずです。

結婚してから始まるほんとうの恋。なるほど。そういうのもアリですね。自分で書きながらびっくりしていますが。

そういう設定は、二十代のころ、ジャパネスクを書こうとしていた頃には、あまり想像したこともありませんでした。幸か不幸か、その頃の私はあまり恋愛体質ではなかった（笑）。今回、しみじみ思いました。

大失恋したとか、恋愛不信だったというのではありませんが、恋愛よりは、友情問題や、いろんなことに興味を惹《ひ》かれすぎていたような気がします。

たぶん私自身の恋愛観がとても若かった——のでしょう。

でも、だからこそ瑠璃姫みたいな姫が生まれてきたのかもしれません。

ジャパネスクはそんなふうに、そのころの私自身の好きな女の子観や、恋愛観が微妙に（ぜんぜん微妙じゃないかも……）反映していて、少しこそばゆい。

結婚したあとから本格的に始まる、ほんとうの恋。

書こうとする時期によっては、そんな物語になっていたのかもしれないと思うと、つくづく「書く時期」の不思議さ、巡り合わせの妙《みょう》といったことを考えてしまいます。

ある時期だから書けた物語、生まれてきたヒロイン。私はやはりこのジャパネスクの瑠璃姫が好き。女房版・瑠璃姫にもかなり心惹かれるものはありますが。

初めて読まれる方も、どこかしらで瑠璃姫を好きになってくださると嬉《うれ》しいです。決して完《かん》璧《ぺき》な子ではありませんが、それゆえに、今もとても愛しい、私自身の永遠のヒロインです。

氷室　冴子

※このあとがきは、一九九九年に新装版として刊行されたコバルト文庫『なんて素敵にジャパネスク』（イラスト／後藤　星）からそのまま収録しています。

本書は、一九八四年にコバルト文庫5月刊として刊行された『なんて素敵にジャパネスク』（イラスト／峯村良子）の新装版として、一九九九年にコバルト文庫4月刊で刊行したものを底本としています。

《初出一覧》
お約束は初めての接吻で　の巻…一九八一年　小説ジュニア4月号
初めての夜は恋歌《こいうた》で囁《ささや》いて　の巻…一九八二年　Cobalt 秋号
初めての夜よ　もう一度　の巻…一九八四年の文庫化のさいに書き下ろし

ジャパネスクに再会！

谷　瑞恵

氷室冴子《ひむろさえこ》さんの代表作、『なんて素敵にジャパネスク』がはじめて刊行されたのが、一九八四年だ。思えば私は、ほぼリアルタイムで読んでいたのではないだろうか。当時のカバーは、後藤星《ごとうせい》さんがイラストを手がけた新装版とはまた違うものだったと記憶している。

もちろん中身は変わりなく、『ジャパネスク』シリーズは三十年以上も読み継がれてきた。年月を経《へ》ても、キャラクターの魅力は色あせることなく、物語の世界へ読者をさらりと引き込んでいく。少女たちを夢中にする要素がいっぱい詰まっていて、テンポのいい展開にページをめくる手が止まらなくなってしまうのだ。今回再読しながら、私もあらためて実感した。

十六歳になるというのに結婚したくない瑠璃《るり》姫が、父親の策略で結婚させられそうになる。それも既成《きせい》事実をつくってしまおうと、父親は殿方を屋敷へ招き……。いきなりピンチだ。

これはもう手込めというか、今なら犯罪かという状況だが、平安時代だからしかたがない。高貴な女は顔を見せず、男は噂《うわさ》に聞く美貌《びぼう》や、文《ふみ》や歌のやりとりで相手を見定めて求婚する、という当時の結婚の形も一夫多妻制も納得できない瑠璃姫は、誠実に自分だけを好きになってくれる人でなければと思っている。このへんは、現代の恋愛観にぴったりくるから、読者もうんうんと頷《うなず》くだろう。そんなときに夜這《よば》いだなんて！　瑠璃姫とともに、読者はハラハラし、手に汗握る。

そこへ現れた幼なじみの高彬《たかあきら》に、〝筒井筒《つついづつ》の仲〟だとかばわれ、助けられるのはもう、「やった！」とバンザイしたいシーンだ。

そうして、高彬との結婚を決める瑠璃姫だが、しかたなく……と言いつつも恋に目覚めつつあるのは言わずもがな。しかしふたりの恋も結婚も、何かとトラブル続きで進展しない。

平安時代の貴族社会、となれば陰謀《いんぼう》も巻き起こるし、瑠璃姫は巻き込まれ……、いや自分から火の中へ飛び込んでいくものだから息もつかせない。

新たにカッコイイ男性キャラも登場し、ますます目が離せなくなる。

高彬派？　鷹男《たかお》派？　それとも吉野君《よしののきみ》か、もしかしたら融《とおる》も？　今で言うなら〝推《お》しメン〟について語り合い、盛り上がれる小説があるなんて思いもしないころだったから、本当に新鮮だった。

それに、舞台が平安時代というのも、遠いようでいて意外と入りやすい世界観だったのではないだろうか。

学校で必ず習う、『枕草子《まくらのそうし》』や『源氏物語《げんじものがたり》』などの世界だ。正直私などは古典が苦手で、平安時代にさほど興味もなかったが、まったく知らない時代ではないだけに、堅苦しい教科書とは違う雰囲気に「おや?」と思わせられたのだ。

それに、瑠璃姫という破天荒《はてんこう》な少女は、現代っ子かというくらい身近に感じられて、それでいて想像以上に行動的で、友達になりたいと思える女の子だ。平安時代にいるからこそ、彼女の突き抜けた個性が引き立ち、現代にいる読者に響く。彼女の恋する気持ちも、行動力の裏にある人を大切にする気持ちもよくわかる。

しかし瑠璃姫は、あきらかに現代人ではなく、きちんと歌を詠《よ》んだりするし、おてんばだけどけっして世間知らずではない。

歌は『ジャパネスク』の中でも重要で、効果的に使われている。瑠璃姫がどれほど羽目《はめ》を外しても、やっぱりお姫さまなのだ。

それに、歌が下手《へた》だという高彬のは下手なりに率直だったりとキャラクターにもしっかり織り込まれている。歌の説明もさらりと読めて、意味深だったりウィットに富んでいたりと楽しいから、もしかして歌っておもしろいじゃない、と身近に感じてしまうのだ。

自分たちだけでわかる言葉を使って、友達とやりとりするのと似ているかもしれない、そう思えば意外と難しくなさそうだし、謎解《なぞと》きみたいでわくわくする。

筒井筒の仲なんていう言葉も、学校では習うけれど、日常で使うことはないし、大人になったら忘れてしまいそうだが、ジャパネスクを読んだならきっとずっとおぼえている。

瑠璃姫は型破りだが、平安時代の描写も雰囲気も端正で、世界観がゆるがないのも素敵だ。人物もちゃんとその時代の人らしいのに、どうしてこんなに身近に感じられるのだろう。人としての根っこが現在とつながっているからだろうか。恋する気持ち、正義感や社会での立場や役割と家族のつながり、そういうところは共感できつつも、時代背景をきちんと描き、そこでそれぞれがどんなふうに考え、動いていくかを自然に描いているから、すとんと胸に落ちるのだ。

もちろん十代のころは、理屈なんてどうでもよくて、「なんておもしろいんだろう」と純粋に読みふけったものだったが、知らずと知識も身について、世界を広げてくれたのではないだろうか。

子供には子供向けの小説がある。でもそれでは少し物足りなくなった女の子たちは、何を読めばいいのだろう。小説という、文字だけの本を読むことから離れてしまうことも多いという気がする。

マンガや映画や、今ならスマホやゲーム等々、楽しいものならほかにもある。子供のころから文学少女でもなければ、古典にしろ名作にしろなかなか手が出ないし、冒頭から引き込まれなければもういいやとなってしまう。世に出ている無数の本の中、自分にぴったりくる小説を見つけるのは難しいだろう。

そこをつないでくれるのが、少女小説でありコバルト文庫だった。課題図書でもなく、図書館にも置いてない（ジャパネスクが出たころにはまずなかった）が、友達から借りたり、かわいいカバーが書店で目についたりして出会い、こんなの読みたかった！と思えるような、恋と冒険の詰まった物語は格別だ。主人公は、大人がほめるような少女ではない。でもだからこそ、読者である女の子たちの味方であり、魅力的なのだ。

小説を読む楽しさを、この本で知った人もいるのではないか。

与えられるものに抵抗を感じる年頃に、自分たちで選んだ小説を読むことができたなら、きっとその後も、興味の持てる本を自力で見つけていけるようになる。読書人口の裾《すそ》野を確実に広げた本だと思う。


現代の女の子たちは、瑠璃姫の時代とは違ってずっと自由なはずだけれど、校則や受験や、いろんなものに縛《しば》られている。ジャパネスクが世に出たころと、今の少女とをくらべても、取り巻く環境は大いに違うとはいえ、自由なようで自由じゃない感覚は、少女だったことがある人には、多かれ少なかれ共感できるものなのではないだろうか。

結婚しなさい、と言われるのは、瑠璃姫だけじゃない。かつて、この物語が書かれたころにはまだ、女性はクリスマスケーキと言われ、二十四を過ぎたら売れ残りだった。それから急速に晩婚化が進み、結婚よりも、仕事や趣味に生き甲斐《がい》を見出す女性も増えた。とはいえ今でもこの手のプレッシャーはあるだろう。

それでもこのごろ、じゃじゃ馬、おてんばという言葉は使われなくなりつつある。そちらが多数派になれば、自然となくなっていく言葉だということか。

そうして、少しばかり自由になった少女たちは、大人になっても少女の心を持ち続けていることを隠さずにいられるようになったのではないか。楽しいものに夢中になれるのは、もう少女だけの特権ではない。いくつになっても、カワイイものが好きだと言えるし、女子会で盛り上がれる。

同時に少女小説というくくりも薄れつつあるように思う。少女のためだけのものではなく、誰もがエンターテインメントとして楽しめるものになっていくのなら歓迎したいし期待している。

それでもやっぱり少女には、少女だから浸《ひた》れる物語がある。少女だったころがあるからこそわかる言葉や思いがある。そこをすくい取って、女の子でよかったと思えるような楽しみを与えてくれるなら、どんなジャンルでも少女小説なのだろうと思う。

『なんて素敵にジャパネスク』にも、世代を越えて響くものもあるのではないだろうか。

瑠璃姫は周囲の〝こうあるべき〟という決めつけを軽やかに飛び越えていく。

いつでも、周囲とは違うことをするのは勇気がいるのだから、変わり者の姫と言われながらも、自分を曲げることなく思うように行動する彼女は痛快だ。

平安時代の鮮やかな描写と際立つキャラクターに導かれて、これからも『ジャパネスク』シリーズが読まれ続けることを願いたい。

ひむろ・さえこ

本名・碓井小恵子（うすいさえこ）。藤女子大学国文学科卒。『さようならアルルカン』で集英社の青春小説新人賞に佳作入選。コバルト文庫に『なんて素敵にジャパネスク』シリーズ、『月の輝く夜に／ざ・ちぇんじ！』などがある。そのほか『いもうと物語』『海がきこえる』など著書多数。2008年６月逝去。

【復刻版】なんて素敵にジャパネスク

COBALT-SERIES

2018年10月10日　第１刷発行
2023年10月15日　第２刷発行

★定価はカバーに表示してあります

著　者　氷室冴子
発行者　今井孝昭
発行所　株式会社　集英社
〒101－8050
東京都千代田区一ツ橋２―５―10
電話　【編集部】03-3230-6268
【読者係】03-3230-6080
【販売部】03-3230-6393（書店専用）

印刷所　株式会社美松堂
中央精版印刷株式会社

ISBN978-4-08-608079-8 C0193